元曲
三百首

"学而书馆"编辑组　编注

中国友谊出版公司

图书在版编目（CIP）数据

元曲三百首 ／"学而书馆"编辑组编注．－－ 北京：
中国友谊出版公司，2023.10
ISBN 978-7-5057-3342-8

Ⅰ．①元… Ⅱ．①学… Ⅲ．①元曲－选集②元曲－注
释 Ⅳ．① I222.9

中国版本图书馆 CIP 数据核字（2022）第 114452 号

书名 元曲三百首
编注 "学而书馆"编辑组
出版 中国友谊出版公司
发行 中国友谊出版公司
经销 新华书店
印刷 北京通州皇家印刷厂
规格 880×1230 毫米 32 开
11.75 印张 220 千字
版次 2023 年 10 月第 1 版
印次 2023 年 10 月第 1 次印刷
书号 ISBN 978-7-5057-3342-8
定价 49.80 元
地址 北京市朝阳区西坝河南里 17 号楼
邮编 100028
电话 （010）64678009

如发现图书质量问题，可联系调换。质量投诉电话：（010）59799930-601

目 录

王伯成

伯 颜

[中吕^①] 喜春来 ^②

金鱼^③玉带罗襕^④扣，皂盖朱幡^⑤列五侯^⑥，山河判断^⑦在俺笔尖头。得意秋^⑧，分破^⑨帝王忧。

①中吕：宫调名。近代戏曲理论家吴梅（1884—1939）释云：“宫调者，所以限定乐器管色之高低也。”以下凡宫调名不另外标注。

②喜春来：曲牌名，又名“阳春曲”“喜春风”“喜春儿”。正格字数为二十九字，五句五韵，始于宋代。

③金鱼：鱼形金符，佩于腰间玉带。

④罗襕（lán）：丝制罗袍，元代朝服。

⑤皂盖朱幡：黑色的车盖，红色的旗幡，是高官出行的仪仗。

⑥五侯：此处指位高权重的官员。古代爵位分公、侯、伯、子、男五等。

⑦判断：判定裁决。

⑧秋：年，指岁月。

⑨分破：分减、减少。元人口语。

商　挺

[双调] 潘妃曲①

其一

小小鞋儿白脚带，缠得堪人爱。疾快来，瞒着爹娘做些儿怪。你骂吃敲才②，百忙里解花裙儿带。

其二

目断妆楼夕阳外，鬼病③恹恹害。恨不该，止不过泪满旱莲腮。骂你个不良才，莫不少下你相思债？

其三

闷酒将来刚刚咽，欲饮先浇奠。频祝愿：普天下心厮爱④早团圆。谢神天，教俺也频频的勤相见。

其四

只恐怕窗间人瞧见，短命休寒贱。直恁⑤地胳膝软，禁不过敲才厮熬煎。你且觑门前，等的无人呵旋转⑥。

①潘妃曲：曲牌名，又名"步步娇"，不计衬字的话，正格字数为三十字，六句六韵。商挺作《双调·潘妃曲》共十九首，此为其中四首。

②吃敲才：该打的人。

③鬼病：难以告人的怪病，常指相思病。

④厮爱：相爱。

⑤直恁（nèn）：竟如此。

⑥旋转：回转。

张弘范

[中吕]喜春来

　　金妆宝剑^①藏龙口^②，玉带红绒挂虎头^③，绿杨影里骤^④骅骝^⑤。得志秋，名满凤凰楼^⑥。

---

　　① 金妆宝剑：用金饰装点的宝剑。

　　② 龙口：指有龙形纹饰的剑鞘。

　　③ 虎头：虎头形金牌。皇帝颁发给文武大臣的令牌，持有者具有一定的生杀之权。

　　④ 骤：马疾奔的样子。

　　⑤ 骅骝：相传为周穆王最喜爱的八骏之一，后泛指骏马。

　　⑥ 凤凰楼：宫中楼阁，代指元朝廷。

元好问

[双调] 小圣乐 ①

骤雨打新荷

其一

绿叶阴浓，遍池亭水阁，偏趁凉多。海榴初绽，朵朵蹙 ② 红罗。乳燕雏莺弄语，有高柳鸣蝉相和。骤雨过，琼珠乱糁 ③，打遍新荷。

其二

人生有几，④ 念良辰美景，一梦初过。穷通前定，⑤ 何用苦张罗。命 ⑥ 友邀宾玩赏，对芳樽 ⑦ 浅酌低歌。且酩酊，任他两轮日月，来往如梭。

---

① 小圣乐：曲牌名，不含衬字的话，正格字数为九十五字，前段十句为三平韵、一谐韵，后段十句为四平韵。因元好问"骤雨过，琼珠乱糁，打遍新荷"几句脍炙人口，故此曲又称"骤雨打新荷"。

② 蹙（cù）：皱起、收缩。

③ 糁（sǎn）：撒落。

④ **人生有几**：或化用自东汉曹操《短歌行》："对酒当歌，人生几何。"一作"人生百年有几"。

⑤ **穷通前定**：个人的命运是困苦或通达，早就在前生注定了。

⑥ **命**：邀请。

⑦ **芳樽**：代指美酒。樽，酒杯。

王　恽

[越调] 平湖乐 ①

采菱人语隔秋烟，波静如横练 ②。入手风光 ③ 莫流转，共留连。画船一笑春风面 ④。江山信美，终非吾土，⑤ 问何日是归年？

---

　　① 平湖乐：曲牌名，即"小桃红"，又名"采莲曲""武陵春""绛桃春""连理枝""红娘子""灼灼花"，不加衬字的话，正格字数为四十二字，前段四句为两平韵、两谐韵，后段四句为一谐韵、一平韵。

　　② 横练：横陈的洁白丝绢。

　　③ 入手风光：映入眼帘的风景。

　　④ 春风面：化用自唐代杜甫《咏怀古迹》其三"画图省识春风面"一句，形容画船歌女娇美的面容。

　　⑤ "江山"两句：化用自汉代王粲《登楼赋》："虽信美而非吾土兮，曾何足以少留？"信，的确。

[正宫] 黑漆弩 ①

游金山寺 ② 并序

邻曲子严伯昌尝以《黑漆弩》侑酒。省郎仲先谓余曰："词虽佳，曲名似未雅。若就以《江南烟雨》目之，何如？"予曰："昔东坡作《念奴曲》，后人爱之，易其名曰《酹江月》，其谁曰不然？"仲先因请余效颦，遂追赋《游金山寺》一阕，倚其声而歌之。昔汉儒家畜声妓，唐人例有音学。而今之乐府，用力多而难为工，纵使有成，未免笔墨劝淫为侠耳。渠辈年少气锐，渊源正学，不致费日力于此也。其词曰：

苍波万顷孤岑矗，是一片水面上天竺 ③。金鳌 ④ 头满咽三杯，吸尽江山浓绿。蛟龙虑恐下燃犀，⑤ 风起浪翻如屋。任夕阳归棹 ⑥ 纵横，待偿我平生不足。

....

① 黑漆弩：曲牌名，又名"学士吟""鹦鹉曲""江南烟雨"。

② 金山寺：位于今江苏镇江，为古代名寺。

③ 上天竺：指杭州上天竺寺。

④ 金鳌：指金鳌峰，是金山的最高峰。

⑤ "蛟龙"句：典出《晋书·温峤传》："至牛渚矶，水深不可测。世云其下多怪物。峤遂燃犀角而照之。须臾，见水族覆火，奇形怪状，或乘车马着赤衣者。峤其夜梦人谓己曰：'与君幽冥道别，何意相照也？'意甚恶之。"古人认为水深处有怪物，就用宝

物照探，怪物显出原形后在水中兴风作浪。此处形容水急浪高。

⑥棹：船桨。

倪 瓒

[黄钟] 人月圆①

伤心莫问前朝②事，重上越王台③。鹧鸪④啼处，东风草绿，残照花开。怅然孤啸，青山故国，乔木苍苔。当时明月，⑤依依素影⑥，何处飞来？

---

①人月圆：曲牌名。原为词调，始于宋代王诜，因词中有"人月圆时"句，取以为名。自金代吴激以此调作词后成为曲牌，正格字数为四十八字。

②前朝：指宋朝。倪瓒等元代江南文人，多自认是宋代遗民，故常怀故国之思。

③越王台：位于今浙江绍兴。相传是春秋时越王勾践为复国而点兵处。

④鹧鸪：一种鸟，叫声哀切，如言"行不得也哥哥"，常用以表达悲伤的情绪。

⑤当时明月：原指越王出兵时的明月，这里指作者心中宋代的明月。

⑥素影：月亮又名素魄，故素影指皎洁的月光。

[双调] 折桂令 ①

拟张鸣善 ②

草莽莽秦汉陵阙 ③，世代兴亡，却便似月影圆缺。山人 ④ 家堆案图书，当窗松桂，满地薇蕨 ⑤。侯门深何须刺谒 ⑥，白云自可怡悦。到如今世事难说。天地间不见一个英雄，不见一个豪杰。

---

①折桂令：曲牌名，又名"广寒秋""蟾宫引""蟾宫曲""步蟾宫""折桂回""天香引"，正格字数为五十三字。

②张鸣善：生卒年不详，名择，号顽老子，与倪瓒为同时期名士。

③陵阙：帝王陵墓。

④山人：作者自称。古代隐居的文人常以山人自称，意与庙堂相对。

⑤薇蕨：野生植物，可以食用。商周时期伯夷、叔齐不食周粟，隐居时采薇而食，最终饿死首阳山。作者借薇蕨之名暗指自己不与元廷同流合污。

⑥刺谒（yè）：名帖，类似今天的名片。

[越调] 凭阑人 ①

赠吴国良 ②

客有吴郎吹洞箫，明月沉江春雾晓。湘灵 ③ 不可招，水云中环佩摇 ④。

---

① 凭阑人：曲牌名。原为词调，后为曲牌，正格字数分两种，一种为二十四字，一种为二十五字。此曲为二十五字。

② 吴国良：倪瓒的好友，江苏宜兴荆溪人。

③ 湘灵：湘水之神，湘君、湘夫人。这里指湘夫人，其善吹箫。

④ 环佩摇：佩玉摇动，叮当作响。指湘夫人听到吴国良吹奏洞箫，寻声而至。没见到本尊，却听到其来时的佩玉撞击声。

虞　集

[双调] 折桂令

席上偶谈蜀汉事因赋短柱体 ①

鸾舆②三顾茅庐。汉祚③难扶，日暮桑榆④。深渡南泸，长驱西蜀，力拒东吴。⑤美乎周瑜妙术，悲夫关羽云⑥俎。天数盈虚，造物乘除⑦。问汝何如？早赋归欤⑧！

---

① 短柱体：元曲中一种较难的押韵体式，两字一韵，每句两韵至三韵。

② 鸾舆：皇帝的车驾，亦指代皇帝。此处指刘备。"鸾"即"銮"。

③ 祚（zuò）：皇位。

④ 桑榆：日暮时夕阳照在桑树和榆树的树梢上。常比喻人的暮年。这里指汉朝气数将尽。

⑤ "深渡南泸"三句：皆是诸葛亮为蜀汉所作贡献。

⑥ 云：结构助词，无意义。

⑦ 乘除：增减。

⑧ 欤（yú）：句末语气助词。

张鸣善

［双调］水仙子^①

讥时

铺眉苫眼^②早三公^③，裸袖揎拳^④享万钟^⑤，胡言乱语成时用^⑥。大纲来^⑦都是烘^⑧，说英雄是英雄？五眼鸡岐山鸣凤，两头蛇南阳卧龙，三脚猫渭水飞熊！^⑨

---

① 水仙子：曲牌名，又名"湘妃怨""湘妃引""凌波仙""凌波曲""冯夷曲"等。

② 铺眉苫（shàn）眼：舒眉展眼，此处是装模作样的意思，比喻没有真才实学。

③ 三公：古代最显贵的三个官职，但说法不一，一说司马、司徒、司空为三公，二说太师、太傅、太保为三公。泛指朝廷高官。

④ 裸袖揎（xuān）拳：意思是捋起袖子伸出拳头，比喻不讲道理，只会吵闹的人。

⑤ 万钟：丰厚的俸禄。

⑥ 时用：当下有用的人才。

⑦ 大纲来：总而言之。元人口语。

⑧ 烘：同"哄"，胡闹。

⑨ "五眼鸡"三句：皆为对比，说明前者与后者天差地别，难以比拟。南阳卧龙，指诸葛亮。渭水飞熊，指姜太公。

孟 昉

[越调] 天净沙 ①

十二月乐词并序

　　凡文章之有韵者，皆可歌也。第时有升降，言有雅俗，调有古今，声有清浊。原其所自，无非发人心之和，非六德之外，别有一律吕也。汉魏晋宋之有乐府，人多不能晓；唐始有词，而宋因之，其知之者亦罕见其人焉。今之歌曲，比于古词，有名同而言简者，时亦复有与古相同者，此皆世变之所致，非故求异乖诸古而强合于今也。使今之曲歌于古，犹古之曲也；古之词歌于今，犹今之词也。其所以和人之心养情性者，奚古今之异哉！先哲有言，今之乐犹古之乐，不其然欤？尝读李长吉《十二月乐词》，其意新而不蹈袭，句丽而不恼淫，长短不一，音节亦异，旁构冥思，朝涵夕泳，谐五声以摊其腔，和八音以符其调，寻绎日久，竟无所得。遂辍其学，以待知音者出而余承其教焉！因增损其语，而隐括为《天净沙》，如其首数，不惟了樽席之间，便于宛转之喉，且以发长吉之蕴藉，使不掩其声者，慎勿曰侮贤者之言云。

　　星依云渚 ② 溅溅 ③，露零 ④ 玉液涓涓 ⑤，宝砌衰兰剪剪 ⑥。碧天如练，光摇北斗阑干 ⑦。

①天净沙：曲牌名，又名"塞上秋"。该小令之题下共十三首（含一首"闰月"），此为第七首。

②云渚：指银河。

③溅溅（jiān）：水流很快的样子，这里指星河流转的样子。

④零：落下。

⑤涓涓：细小水流缓慢流淌的样子。

⑥剪剪：整齐的样子。

⑦阑干：纵横交错的样子。

关汉卿

[双调] 沉醉东风 ①

其一

咫尺的天南地北，霎时间月缺花飞。手执着饯行杯，眼阁着② 别离泪。刚道得声"保重将息"，痛煞煞教人舍不得。好去者③ 望前程万里！

其二

忧则忧鸾孤凤单④，愁则愁月缺花残。为则为俏冤家，害则害⑤ 谁曾惯，瘦则瘦不似今番；恨则恨孤帏绣衾寒，怕则怕黄昏到晚。⑥

其三

伴夜月银铮凤闲，暖东风绣被常悭⑦。信沉了鱼，书绝了雁，⑧ 盼雕鞍万水千山。本利对⑨ 相思若不还，则告与那能索债愁眉泪眼。

---

① 沉醉东风：曲牌名。关汉卿创作《双调·沉醉东风》共五首，此为其中三首，余见篇后附录。

②阁着：噙着、含着。

③好去者：意为"走好吧"，是对远行者安慰的话。

④鸾孤凤单：鸾鸟与凤凰常用以比喻夫妻，此处指夫妻分离。

⑤害则害：意为害了相思病。

⑥怕则怕黄昏到晚：化用自宋代李清照《声声慢》："守著窗儿，独自怎生得黑？"

⑦悭（qiān）：缺。指丈夫不在家。

⑧"信沉了鱼"两句：古人常以鱼、雁传递书信，此处指书信断绝。

⑨本利对：在元代，高利贷中的本金与利息相同，若到期不还，则本金和利息要翻倍偿还。这里形容相思之情倍增。

〔双调〕沉醉东风

其四

夜月青楼凤箫，春风翠鬓金翘。雨云浓，心肠俏，俊庞儿玉软香娇。六幅湘裙一搦腰，间别来十分瘦了。

其五

面比花枝解语，眉横柳叶长疏。想着雨和云，朝还暮，但开口只是长吁。纸鹞儿休将人厮应付，肯不肯怀儿里便许。

[双调] 碧玉箫①

其二

怕见春归，枝上柳绵飞。静掩香闺，帘外晓莺啼。恨天涯锦字②稀，梦才郎翠被知。宽尽衣③，一搦④腰肢细。痴，暗暗的添憔悴。

其九

秋景堪⑤题，红叶满山溪。松径偏宜，⑥黄菊绕东篱。⑦正清樽斟泼醅⑧，有白衣劝酒⑨杯。官品极，到底成何济⑩？归，学取他渊明醉。

---

① 碧玉箫：曲牌名。关汉卿创作《双调·碧玉箫》共十首，此处为其中二首，余见篇后附录。

② 锦字：前秦时期，秦州刺史窦滔被流放，夫妻天各一方，其妻苏蕙绣出《回文璇玑图》，横纵可任意读，以表达思念之情。后以"锦字"指寄给丈夫的书信。这里指丈夫寄回的书信。

③ 宽尽衣：化用自宋代柳永《蝶恋花》："衣带渐宽终不悔，为伊消得人憔悴。"

④ 一搦（nuò）：一握。

⑤ 堪：值得。

⑥ 松径偏宜：化用自东晋陶渊明《归去来兮辞》："三径就荒，松菊犹存。"指园圃偏远，适宜隐居。

⑦黄菊绕东篱：化用自陶渊明《饮酒》："采菊东篱下，悠然见南山。"

⑧泼醅（pēi）：即酦（pō）醅。酿造后未经过滤的酒。

⑨白衣劝酒：典出南朝宋檀道鸾《续晋阳秋》，陶渊明无酒，王弘身着白衣给陶渊明送酒，二人共酌同醉。

⑩济：益处。

〔双调〕碧玉箫

其一

黄召风虔，盖下丽春园。员外心坚，使了贩茶船。金山寺心事传，豫章城人月圆。苏氏贤，嫁了双知县。天，称了他风流愿。

其三

盼断归期，划损短金篦。一搦腰围，宽褪素罗衣。知他是甚病疾？好教人没理会。拣口儿食，陡恁的无滋味。医，越恁的难调理。

其四

帘外风筛，凉月满闲阶。烛灭银台，宝鼎篆烟埋。醉魂儿难挣挫，精彩儿强打挨。那里每来，你取闲论诗才。哈，定当的人来赛。

其五

你性随邪，迷恋不来也。我心痴呆，等到月儿斜。你欢娱受用别，我凄凉为甚迭！休谎说，不索寻吴越。咱，负心的教天灭！

其六

席上樽前，衾枕奈无缘。柳底花边，诗曲已多年。向人前未敢言，自心中祷告天。情意坚，每日空相见。天，甚时节成姻眷。

其七

膝上琴横，哀愁动离情。指下风生，潇洒弄清声。锁窗前月色明，雕阑外夜气清。指法轻，助起骚人兴。听，正漏断人初静。

其八

红袖轻揎，玉笋挽秋千。画板高悬，仙子坠云轩。额残了翡翠钿，鬐松了荷叶偏。花径边，笑捻春罗扇。扇，玉腕鸣黄金钏。

其十

笑语喧哗，墙内甚人家？度柳穿花，院后那娇娃。媚孜孜整绛纱，颤巍巍插翠花。可喜煞，巧笔难描画。他，困倚在秋千架。

[双调] 大德歌^①

春

子规啼，不如归。道是春归人未归。几日^②添憔悴，虚飘飘柳絮飞。一春鱼雁无消息，则见双燕斗^③衔泥。

夏

俏冤家，在天涯。偏那里绿杨堪系马。^④困坐南窗下，数^⑤对清风想念他。蛾眉淡了教谁画？瘦岩岩^⑥羞带石榴花。

秋

风飘飘，雨潇潇，便做陈抟^⑦睡不着。懊恼伤怀抱，扑簌簌泪点抛。秋蝉儿噪罢寒蛩^⑧儿叫，淅零零细雨打芭蕉。

冬

雪纷纷，掩重门，不由人不断魂，瘦损江梅韵。[9]那里是清江江上村，香闺里冷落谁瞅问？好一个憔悴的凭阑人。

---

①大德歌：曲牌名。正格字数为三十三字，押七平仄韵。关汉卿以春、夏、秋、冬四季为题，创作《双调·大德歌》共四首。

②几日：近日。

③斗：竞相、争着。

④"偏那里"句：偏偏那里的绿杨树可以拴住你的马。此句为怨词，怨恨爱人久久不归。

⑤数：屡次。

⑥瘦岩岩：瘦削的样子。

⑦陈抟（tuán）：字图南，自号扶摇子，五代末、宋初道士。相传此人善睡，曾百日不醒。

⑧蛩（qióng）：蟋蟀。

⑨瘦损江梅韵：一说江边梅花瘦削失色；一说江梅暗指梅妃江采萍，唐玄宗盛宠别移，梅妃无处寄情，风韵不再。

[双调] 大德歌

双渐苏卿 ①

其二

绿杨堤，画船儿，正撞着一帆风赶上水。冯魁 ② 吃的醺醺醉，怎想着金山寺壁上诗。醒来不见多姝丽 ③，冷清清空载月明归。

其五

雪粉华，舞梨花，再不见烟村四五家。密洒堪图画，看疏林噪 ④ 晚鸦。黄芦掩映清江下，斜缆 ⑤ 着钓鱼艖 ⑥。

---

① 双渐苏卿：指宋元年间流传甚广的双渐和苏小卿的爱情故事。关汉卿以此为题创作《双调·大德歌》六首，此处为其二、其五，余见篇后附录。

② 冯魁：鸨母收了茶商冯魁的银子，强行将苏小卿卖与冯魁。双渐状元及第，知小卿被冯魁骗走，张帆追赶至金山，见到小卿留在金山寺中书信，便一夜赶到临安，夺回苏小卿。

③ 姝丽：美女。此处指苏小卿。

④ 噪：许多鸟乱叫。此处形容乌鸦多。

⑤ 缆：绳子，这里指用绳子系。

⑥ 艖（chā）：木筏，小船。

〔双调〕大德歌

双渐苏卿

其一

粉墙低，景凄凄，正是那西厢月上时。会得琴中意，我是个香闺里锺子期。好教人暗想张君瑞，敢则是爱月夜眠迟。

其三

郑元和，受寂寞，道是你无钱怎奈何？哥哥家缘破，谁着你摇铜铃唱挽歌。因打亚仙门前过，恰便是司马泪痕多。

其四

谢家村，赏芳春，疑怪他桃花冷笑人。着谁传芳信，强题诗也断魂。花阴下等待无人问，则听得黄犬吠柴门。

其六

吹一个，弹一个，唱新行大德歌。快活休张罗，想人生能几何？十分淡薄随缘过，得磨陀处且磨陀。

[南吕] 四块玉①

闲适

其一

适意行,安心坐,渴时饮、饥时餐、醉时歌,困来时就向莎茵②卧。日月长,天地阔,闲快活!

其二

旧酒投③,新醅泼④,老瓦盆⑤边笑呵呵,共山僧野叟闲吟和。他出一对鸡,我出一个鹅,闲快活!

其三

意马收,心猿锁,跳出红尘恶风波,槐阴午梦⑥谁惊破?离了利名场,钻入安乐窝,闲快活!

其四

南亩耕,东山卧,⑦世态人情经历多,闲将往事思量过。贤的是他,愚的是我,争甚么?

---

① 四块玉:曲牌名。关汉卿以"闲适"为题作《南吕·四块玉》共四首。

② 莎(suō)茵:莎草绿如茵。这里泛指草坪。

③ 投：即"酘"（dòu），指酒再酿。

④ 新醅泼：新的酒酿造出来了。

⑤ 老瓦盆：粗陋的陶制盛酒器皿。

⑥ 槐阴午梦：即南柯一梦。比喻富贵之梦。

⑦ "南亩耕"两句：汉末诸葛亮躬耕南阳，东晋谢安隐居东山。连用两个典故，意指作者如古今名士一般享受隐居生活。

［南吕］四块玉

别情

自送别，心难舍，一点相思几时绝？凭阑袖拂杨花雪①。溪又斜，山又遮，人去也！

① 杨花雪：像雪一样的柳絮。

［中吕］普天乐①

崔张十六事②

张生赴选

碧云天，黄花地，西风紧，北雁南飞。恨③相见难，又早别离易。久已后虽然成佳配，奈④时间⑤怎不悲啼！

我则厮守得一时半刻，早松了金钏，减了香肌。

旅馆梦魂

为功名，伤离别，可怜见⑥关山万里，独自跋涉。楚阳台⑦朝暮云，杨柳岸朦胧月，冷清清怎地挨今夜？梦魂儿这场抛撇。人去也，去时节远也，远时节⑧几日来也？

---

① 普天乐：曲牌名，又名"黄梅雨"，正格字数为四十六字，押三仄韵、三平韵。

② 崔张十六事：关汉卿以流传甚广的张生和崔莺莺的爱情故事为蓝本，创作《中吕·普天乐》共十六首。因其故事与《西厢记》脉络一致，也有一说《西厢记》为关汉卿所作或续作。此处是其中《张生赴选》和《旅馆梦魂》两首，余见篇后附录。

③ 恨：遗憾。

④ 奈：这。

⑤ 时间：眼下。

⑥ 见：词尾助词，无意义。

⑦ 楚阳台：在四川巫山县城西的高都山上。相传为楚襄王与巫山神女幽会处。

⑧ 时节：时候、时间。

〔中吕〕普天乐

崔张十六事

普救姻缘

西洛客说姻缘，普救寺寻方便。佳人才子，一见情牵。饿眼望将穿，馋口涎空咽。门掩梨花闲庭院，粉墙儿高似青天。颠不刺见了万千，似这般可喜娘罕见，引动人意马心猿。

西厢寄寓

娇滴滴小红娘，恶狠狠唐三藏。消磨灾障，眼抹张郎。便将小姐央，说起风流况。母亲呵怕女孩儿春心荡，百般巧计关防。倒赚他鸳鸯比翼，黄莺作对，粉蝶成双。

酬和情诗

玉宇净无尘，宝月圆如镜。风生翠袖，花落闲庭。五言诗句语清，两下里为媒证。遇着风流知音性，惺惺的偏惜惺惺。若得来心肝儿敬重，眼皮儿上供养，手掌儿里高擎。

随分好事

梵王宫月轮高，枯木堂香烟罩。法聪来报，好事通宵。似神仙离碧霄，可意种来清醮，猛见了倾国倾城貌。将一个发慈悲脸儿朦着，葫芦啼到晓。酪子里家去，只落得两下里获铎。

封书退贼

不念《法华经》，不理《梁皇忏》，贼人来至，情理何堪！法聪待向前，便把贼来探。险把佳人遭坑陷，消不得小书生一纸书缄。杜将军风威勇敢，张秀才能书妙染，孙飞虎好是羞惭。

虚意谢诚

东阁玳筵开，不强如西厢和月等。红娘来请，"万福先生"。"请"字儿未出声，"去"字儿连忙应。下功夫将额颅十分挣，酸溜溜螫得牙疼。茶饭未成，陈仓老米，满瓮蔓菁。

母亲变卦

若不是张解元识人多，怎生救咱全家祸？你则合有恩便报，倒教我拜做哥哥。母亲你忒虑过，怕我陪钱货，眼睁睁把比目鱼分破。知他是命福如何？我这里软摊做一垛，咫尺间如同间阔，其实都伸不起我这肩窝。

隔墙听琴

月明中，琴三弄，闲愁万种，自诉情衷。要知音耳朵，听得他芳心动。司马、文君情偏重，他每也曾理结丝桐。又不是《黄鹤醉翁》，又不是《泣麟悲凤》，又不是《清夜闻钟》。

开书染病

寄简帖又无成，相思病今番甚。只为你倚门待月，侧耳听琴，便有那扁鹊来，委实难医怹。止把酸醋当归浸，这方儿到处难寻。要知是知母未寝，红娘心沁，使君子难禁。

莺花配偶

春意透酥胸，春色横眉黛，新婚燕尔，苦尽甘来。也不索将琴操弹，也不索西厢和月待，尽老今生同欢爱，恰便似刘阮天台。只恐怕母亲做猜，侍妾假乖，小姐难挨。

花惜风情

小娘子说因由，老夫人索穷究，我只道神针法灸，却原来燕侣莺俦。红娘先自行，小姐权落后，我在这窗儿外几曾敢咳嗽，这殷勤着甚来由？夫人你得休便休，也不索出乖弄丑，自古来女大难留。

喜得家书

久客在京师，甚的是闲传示？心头眼底，横倘莺儿。趁西风折桂枝，已遂了青云志。盼得他一纸音书，却是断肠诗词。堪为字史，颜筋柳骨，献之羲之。

远寄寒衣

想张郎，空偶僸，缄书在手，写不尽绸缪。修时节和泪修，嘱咐休忘旧。寄去衣服牢收授，三般儿都有个因由：这袜儿管束你胡行乱走，这衫儿穿的着皮肉，这裹肚常系在心头。

夫妇团圆

为风流，成姻眷，恩情美满，夫妇团圆。却忘了间阻情，遂了平生愿。郑恒枉自胡来缠，空落得惹祸招怨。一个卖风流的志坚，一个逞娇姿的意坚，一个调风月的心坚。

[仙吕] 一半儿 ①

题情

云鬟雾鬓胜堆鸦②，浅露金莲③簌④绛纱⑤，不比等闲墙外花。骂你个俏冤家，一半儿难当⑥一半儿耍。

---

①一半儿：曲牌名。因最末一句九字须嵌入两个"一半儿"，故有此名。

②堆鸦：形容女子头发乌黑浓密，犹如鸦之羽毛堆叠。

③金莲：指女人的小脚。

④簌（sù）：走路时衣裙发出的窸窣声。

⑤绛纱：红色的纱裙。

⑥难当：难以承当。女子撒娇，使小性子的说法。

庾天锡

[双调] 蟾宫曲 ①

环滁秀列诸峰

其一

环滁秀列诸峰，山有名泉，泻出其中。泉上危亭，僧仙好事 ②，缔构成功 ③。四景朝暮不同，宴酣之乐无穷，酒饮千钟。能醉能文，太守欧翁 ④。

其二

滕王高阁江干 ⑤，佩玉鸣鸾 ⑥，歌舞阑珊。画栋 ⑦ 朱帘，朝云暮雨，南浦西山。物换星移几番，阁中帝子 ⑧ 应笑，独倚危阑。槛 ⑨ 外长江，东注无还。

---

①蟾宫曲：曲牌名。此《双调·蟾宫曲》中，"其一"是庾天锡概括宋代欧阳修《醉翁亭记》所作，"其二"是概括唐代王勃《滕王阁》一诗所作。

②好（hào）事：爱参与事务。

③缔构成功：建成。

④欧翁：指欧阳修。

⑤干：水边。

⑥鸣銮：响铃。

⑦画栋：涂有彩画的梁柱。

⑧帝子：指滕王李元婴（628—684），唐高祖李渊第二十二子、唐太宗李世民之弟，贞观十三年（639）被封为滕王。

⑨槛（jiàn）：栏杆。

白　朴

[中吕] 阳春曲

知几 ①

其一

知荣知辱 ② 牢缄口 ③，谁是谁非暗点头，诗书<u>丛</u>里且淹留 ④。闲袖手 ⑤，贫煞也风流。

其二

今朝有酒今朝醉，⑥ 且尽樽前有限杯，回头沧海又尘飞。日月疾 ⑦，白发故人稀。

---

① 知几（jī）：即了解事物发生变化的关键和先兆。几，苗头，预兆。出自《易经》："子曰：'知几其神乎，君子上交不谄，下交不渎，其知几乎。几者，动之微，吉之先见者也，君子见几而作，不俟终日。'"白朴以"知几"为题创作《中吕·阳春曲》共四首，此处为前二首，余见篇后附录。

② 知荣知辱：要懂得"持盈保泰""知足不辱"的道理。《老子》二十八章："知其荣，守其辱，为天下谷。"这是老子提出的明哲保身的处世哲学。

③ 缄（jiān）口：原意是把嘴巴缝起来，后表示闭口不言。

④ 淹留：停留。

⑤ 袖手：藏手于袖。表示闲逸的神态，也表示不参与某事。

⑥ "今朝"句：出自唐代罗隐《自遣》："今朝有酒今朝醉，明日愁来明日愁。"

⑦ 疾：快，迅速。

〔中吕〕阳春曲

知几

其三

不因酒困因诗困，常被吟魂恼醉魂，四时风月一闲身。无用人，诗酒乐天真。

其四

张良辞汉全身计，范蠡归湖远害机，乐山乐水总相宜。君细推，今古几人知！

〔双调〕庆东原①

忘忧草②，含笑花③，劝君闻早④冠宜挂⑤。那里也⑥能言陆贾⑦？那里也良谋子牙⑧？那里也豪气张华⑨？千古是非心，一夕渔樵话。⑩

---

①庆东原：曲牌名，又名"庆东园""恽城春"，正格字数为三十一字。

②忘忧草：指萱草。相传食之宛若醉酒，可以忘忧，故称。

③含笑花：似指兰花，因其花开不满，犹如含笑，故称。

④闻早：趁早。

⑤冠宜挂：宜挂冠，即应辞官。

⑥那里也：哪里有。类似反问，表否定。

⑦陆贾：汉初楚国人，早年追随刘邦，因能言善辩，常出使诸侯。

⑧子牙：即姜子牙。商末周初人，以其足智多谋襄助周文王建立周朝。

⑨张华：西晋人，工于诗赋，曾作《鹪鹩赋》表明自己高洁的志向。

⑩"千古"两句：指前面提到的陆贾、姜子牙和张华的一番成就，只成了渔人樵夫口中的闲话。也暗指社会黑暗、是非不分，作者本人报国的志向不能实现。

[双调] 驻马听①

舞

凤髻盘空，②袅娜腰肢温更柔。轻衫莲步，汉宫飞燕③

旧风流。谩催鼍鼓^④品《梁州》^⑤，鹧鸪飞起春罗袖。锦缠头，^⑥刘郎错认风前柳。^⑦

① 驻马听：曲牌名。本为词调，始见北宋柳永《乐章集》，后成为曲牌。

② 凤髻盘空：指舞女的凤形发髻高高盘起。凤髻流行于中国唐代，是高髻的一种。

③ 汉宫飞燕：汉成帝的皇后赵飞燕，因其舞姿轻盈如燕飞舞而得名"飞燕"。

④ 谩催鼍（tuó）鼓：随性地催动鼍皮鼓的鼓点。谩，即"漫"，随意、没有约束。

⑤《梁州》：曲牌名。

⑥ 锦缠头：古代歌舞艺人表演完毕，客人常赠以罗锦，置之头上，就叫"锦缠头"。后作为赠送歌女舞女酬劳的通称。

⑦"刘郎"句：指客人被舞女的舞姿吸引，错把舞女当作仙女。刘郎，汉朝人刘晨，传说其误入天台山，与仙女成婚。风前柳，形容舞女的舞姿曼妙，如风中细柳。

[双调] 沉醉东风

渔夫

黄芦岸白蘋^①渡口，绿杨堤红蓼^②滩头。虽无刎颈交③，却有忘机友④。点秋江白鹭沙鸥。傲杀人间万户侯，不识字烟波钓叟。

---

① 白蘋（pín）：一种水生植物。

② 红蓼：一种水生植物，秋日开红花。

③ 刎颈交：生死之交。

④ 忘机友：忘却尔虞我诈的朋友。

［仙吕］寄生草①

饮

长醉后方②何碍，不醒时有甚思？糟腌③两个功名字，醅淹千古兴亡事，曲埋万丈虹霓志。不达时④皆笑屈原⑤非，但⑥知音尽说陶潜⑦是⑧。

---

① 寄生草：曲牌名。又一说本曲为范康所作。

② 方：将、又。

③ 糟腌：用酒糟浸渍，这里比喻将功名与壮志忘却脑后。下两句"醅淹""曲埋"皆为此意。

④ 不达时：不识时务的人。

⑤ 屈原：战国时期楚国大夫，提倡"美政"，主张举贤任能，

修明法度，联合抗秦，但因遭诽谤，被流放，后自沉汨罗江而死。自东汉以来，诸多士人对屈原加以批判。

⑥但：只、仅。

⑦陶潜：东晋文学家陶渊明。曾任江州祭酒、彭泽县令等职，因"不为五斗米折腰"，辞官归隐田园。

⑧是：正确。

[仙吕]醉中天 ①

佳人脸上黑痣

疑是杨妃②在，怎脱马嵬③灾？曾与明皇捧砚来，④美脸风流杀⑤。叵耐⑥挥毫李白，觑着娇态，洒松烟⑦点破桃腮。

① 醉中天：曲牌名。因前五句与曲牌"醉扶归"句式相同，故常有误题混淆。

② 杨妃：指杨贵妃。

③ 马嵬（wéi）灾：指唐代安史之乱后的马嵬驿兵变。唐玄宗携杨贵妃由长安出逃，行至马嵬坡（今陕西兴平附近），为平息军士的怨愤，赐白绫令杨贵妃自缢。

④ 曾与明皇捧砚来：传说李白为唐玄宗挥毫作诗，大醉，让高力士为他脱靴，杨贵妃为他捧砚。

⑤ 杀：用在动词后，表示程度深。

⑥ 叵（pǒ）耐：不可忍耐，可恨。元代俗语。

⑦ 松烟：古时用松木烧成的烟灰制墨。此处指代墨汁。

[越调] 天净沙①

春

春山暖日和风，阑干楼阁帘栊②，杨柳秋千院中。啼莺舞燕，小桥流水飞红③。

夏

云收雨过波添，楼高水冷瓜甜，绿树阴垂画檐④。纱厨⑤藤簟⑥，玉人罗扇轻缣⑦。

秋

孤村落日残霞，轻烟老树寒鸦，一点飞鸿影下。青山绿水，白草红叶黄花。

冬

一声画角⑧樵门⑨，半庭新月黄昏，雪里山前水滨。竹篱茅舍，淡烟衰草孤村。

①天净沙：白朴以春、夏、秋、冬四季为题，创作《越调·天净沙》共八首，此为前四首，后四首一说为朱庭玉所作，见篇后附录。

②栊（lóng）：窗棂木，指窗。

③飞红：飞舞的花瓣，指落花。

④画檐：有画装饰的屋檐。

⑤纱厨：纱做的帐子。

⑥簟（diàn）：竹席、苇席。

⑦缣（jiān）：细的丝绢。

⑧画角：古代军中用以警昏晓、振士气、肃军容的号角。

⑨樵门：谯楼之门，指建有瞭望楼的城门。

［越调］天净沙

春

暖风迟日春天，朱颜绿鬓芳年，挈榼携童跨蹇。溪山佳处，好将春事留连。

夏

参差竹笋抽簪，累垂杨柳攒金，旋趁庭槐绿阴。南风解愠，快哉消我烦襟。

秋

庭前落尽梧桐，水边开彻芙蓉，解与诗人意同。辞柯霜叶，飞来就我题红。

冬

门前六出花飞，樽前万事休提，为问东君消息。急教人探，小梅江上先知。

马致远

[双调] 水仙子

和卢疏斋《西湖》①

春风骄马五陵儿②，暖日西湖三月时，管弦触水③莺花市④。不知音不到此，宜歌宜酒宜诗。山过雨颦眉黛⑤，柳拖烟⑥堆鬓丝，可喜杀睡足的西施！⑦

①和卢疏斋《西湖》：此曲为应和卢挚《西湖四时渔歌》所作。

②五陵儿：汉代的长陵、安陵、阳陵、茂陵和平陵统称为五陵，因豪富聚居而得名。后用五陵儿指代豪贵子弟。

③管弦触水：乐曲声在湖面一路飘荡。

④莺花市：鸟语花香的地方。

⑤颦（pín）眉黛：美人皱眉。传说西施心口痛时，常用手捂胸口，皱着眉头，姿态仍然十分美丽。

⑥柳拖烟：柳芽飘摇如烟如雾，形容西施茂密蓬松的秀发。

⑦"可喜杀"句：此句承接前二句，表达对从冬眠中复苏的西湖的喜爱和称赞。

[双调] 拨不断 ①

叹寒儒，谩 ② 读书，读书须索 ③ 题桥柱 ④。题柱虽乘
驷马车，乘车谁买《长门赋》⑤？且看了长安回去。

---

① 拨不断：曲牌名，正格字数为三十一字，押六平仄韵。又
名"续断弦"。

② 谩：不要。

③ 须索：必须。元代俗语。

④ 题桥柱：传说西汉司马相如从成都到长安求取功名，途经
升仙桥，在桥柱上题云："不乘驷马高车不过此桥。"意为抱有建
功立业的雄心壮志。

⑤《长门赋》：汉武帝的皇后陈阿娇失宠，司马相如受其托而
作《长门赋》，以陈皇后的口吻书写，使得汉武帝大为感动，由此
恢复陈阿娇后位。

[双调] 拨不断

菊花开，正归来，① 伴虎溪僧、鹤林友、龙山客。似
杜工部 ②、陶渊明、李太白，有洞庭柑、东阳酒、西湖
蟹。哎，楚三闾 ③ 休怪！

① "菊花开"两句：指东晋陶渊明辞官归隐田园。

② 杜工部：即杜甫。

③ 楚三闾：指屈原。屈原忠君爱国，为政治抱负奔走呼号，积极进取，与马致远向往田园的志向不同。

[双调] 拨不断

酒杯深，故人心，相逢且莫推辞饮。君若歌时我慢斟，屈原清死①由他恁②。醉和醒争甚？

① 屈原清死：《楚辞·渔父》中记载，屈原对渔父说："举世皆浊我独清，众人皆醉我独醒。"屈原宁愿身死也要保持清白的节操。

② 由他恁：由他去吧。

[双调] 拨不断

布衣①中，问英雄，王图霸业成何用？禾黍高低六代宫，楸梧远近千官冢。②一场恶梦！

① 布衣：指平民百姓。

②"禾黍高低"两句：化用自唐代许浑《金陵怀古》："松楸远近千官冢，禾黍高低六代宫。"意思是感慨沧海桑田，昔日六朝的宫殿和多少高官都化作农田与坟墓。禾黍，两种作物名，泛指庄稼。六代，即六朝，指东吴、东晋、宋、齐、梁、陈，均建都于建康（今南京），故称。楸（qiū）梧，两种树木名。冢，坟墓。

[双调] 拨不断

莫独狂，祸难防，寻思乐毅①非良将。直待②齐邦扫地亡，火牛一战几乎丧。赶人休赶上③。

①乐毅：战国时燕国大将，曾受到燕昭王的重用，联合赵、楚、韩、魏四国攻齐，但他刚愎自用，做事不留余地。燕惠王即位后，齐国用计离间，乐毅失去重用奔逃他乡，齐将田单趁机用火牛阵一举收复失地。

②直待：只想要。

③休赶上：不要穷追不舍，逼人太甚。

[双调] 拨不断

立峰峦，脱簪冠①，夕阳倒影松阴乱。太液②澄虚③月影宽，海风汗漫④云霞断。醉眠时小童休唤。

① 簪冠：此处指官帽。
② 太液：皇家宫院池名。这里泛指都城中的水池。
③ 澄虚：澄澈空明。
④ 汗漫：漫无边际的样子。

[双调] 落梅风 ①

潇湘八景 ②

远浦帆归

夕阳下，酒旆 ③ 闲，两三航 ④ 未曾着岸。落花水香茅舍晚，断桥头卖鱼人散。

潇湘夜雨

渔灯 ⑤ 暗，客梦回，一声声 ⑥ 滴人心碎。孤舟五更家万里，是离人几行清泪。

江天暮雪

天将暮，雪乱舞，半梅花半飘柳絮。⑦ 江上晚来堪画处，钓鱼人一蓑 ⑧ 归去。

① 落梅风：曲牌名，又名"寿阳曲""落梅引"。

② 潇湘八景：马致远沿用宋人"潇湘八景"之旧题，创作《双调·落梅风》共八首，此处为《远浦帆归》《潇湘夜雨》《江天暮雪》三首，余见篇后附录。潇湘，原指潇水和湘水汇合处，后用以指今日湖南地区。

③ 酒斾（pèi）：古时酒家挂在门口用以招揽客人的旗子，也叫酒幌子。

④ 航：指船。

⑤ 渔灯：也叫"渔火"，指渔船上的灯火。

⑥ 一声声：指连绵的雨声。

⑦ "半梅花"句：这里的梅花和柳絮都是形容空中飘落的白雪。

⑧ 一蓑：一披蓑衣，即一个人。

〔双调〕落梅风

潇湘八景

平沙落雁

南传信，北寄书，半栖近岸花汀树。似鸳鸯失群迷伴侣，两三行海门斜去。

山市晴岚

花村外，草店西，晚霞明雨收天霁。四围山一竿残照里，锦屏风又添铺翠。

烟寺晚钟

寒烟细，古寺清，近黄昏礼佛人静。顺西风晚钟三四声，怎生教老僧禅定？

渔村夕照

鸣榔罢，闪暮光，绿杨堤数声渔唱。挂柴门几家闲晒网，都撮在捕鱼图上。

洞庭秋月

芦花谢，客乍别，泛蟾光小舟一叶。豫章城故人来也，结末了洞庭秋月。

[双调] 落梅风

心间事，说与他，动不动早言两罢^①。罢字儿碜可可^②你道是要^③，我心里怕那不怕？

---

① 两罢：两厢作罢，断绝关系。

② 碜（chěn）可可：也作"碜磕磕"，凄惨可怕的样子。

③ 要：开玩笑。

[双调] 落梅风

人初静，月正明，纱窗外玉梅斜映。梅花笑人休弄影①，月沉时一般孤另。

---

①弄影：化用自北宋张先《天仙子》中"云破月来花弄影"一句，指梅花舞弄自己的身影。

[双调] 落梅风

实心儿待，休做谎话儿猜，不信道为伊①曾害②。害时节有谁曾见来？瞒不过主腰胸带。③

---

①伊：你。

②害：感到伤心。

③"瞒不过"句：指女子因情思日渐消瘦。与北宋柳永《蝶恋花》"衣带渐宽终不悔，为伊消得人憔悴"异曲同工。

[双调] 落梅风

蔷薇露，荷叶雨，菊花霜冷香庭户。梅梢月斜人影孤，①恨薄情②四时辜负。

①"蔷薇露"四句：蔷薇、荷叶、菊花、梅是四季之景，分别代表春、夏、秋、冬，暗指勿负好时光。

②薄情：指薄情之人。

[双调]落梅风

因他害，染病疾，相识每①劝咱是好意。相识若知咱就里②，和相识也一般憔悴。

①每：即"们"。宋元时口语。

②就里：个中情形。

[双调]折桂令

叹世

其二

咸阳百二山河①，两字功名，几阵干戈。项废东吴，②刘兴西蜀，梦说南柯。③韩信④功兀的般⑤证果⑥，蒯通言那里是风魔。⑦成也萧何，败也萧何，⑧醉了由他！

① **百二山河**：典出西汉司马迁《史记·高祖本纪》，所谓秦之咸阳地势险峻，依此优势可以二敌百。此句及下两句皆言楚汉战争。

② **项废东吴**：指项羽军不敌汉军，自刎乌江边。

③ **梦说南柯**：言历史变化犹如南柯一梦。

④ **韩信**：与张良、萧何并称"汉初三杰"，是汉朝的开国功臣。最终被吕后所害。

⑤ **兀的般**：如此、这般。元代俗语。

⑥ **证果**：佛教用语，是说佛教徒经过长期修行而开悟得道。后指结果、下场。

⑦ **"蒯（kuǎi）通"句**：蒯通，秦末汉初谋士，曾劝谏韩信反汉自立，韩信不听，蒯通怕殃及自身便装疯逃跑。风魔，即疯魔。

⑧ **"成也萧何"两句**：原意是韩信的成就是因为萧何的举荐，最终被诛杀也是出于萧何的计谋。此处是说世事无常，人心反复。

[双调] 庆东原

叹世

其二

明月闲旌旆①，秋风助鼓鼙②，帐前滴尽英雄泪。③楚歌四起，乌骓漫嘶，虞美人兮！④不如醉还醒，醒而醉。

① 旌旆：战旗。

② 鼓鼙（pí）：战鼓。

③ "帐前"句：指项羽在汉军围攻下走投无路，在军帐前落泪的悲凉之景。

④ "乌骓（zhuī）"两句：化用自西楚霸王项羽败亡之前吟唱的《垓下歌》："力拔山兮气盖世，时不利兮骓不逝。骓不逝兮可奈何，虞兮虞兮奈若何。"乌骓，项羽的坐骑。虞美人，项羽宠爱的美人虞姬。

[双调] 清江引 ①

野兴 ②

其一

樵夫觉来山月底，钓叟来寻觅。你把柴斧抛，我把鱼船弃。寻取个稳便处闲坐地 ③。

其六

林泉隐居谁到此？有客清风至。会 ④ 作山中相 ⑤，不管人间事。争甚么半张名利纸？

其七

西村 ⑥ 日长人事 ⑦ 少，一个新蝉噪。恰待葵花开，又早蜂儿闹。高枕上梦随蝶去了^⑧。

其八

东篱^⑨本是风月主^⑩，晚节园林趣。一枕葫芦架，几行垂杨树。是搭儿^⑪快活闲住处。

---

① 清江引：曲牌名，正格字数为二十九字，押四仄韵。又名"江水儿""崛江绿"。

② 野兴：马致远以此为题，创作《双调·清江引》共八首，此为其中四首，余见篇后附录。

③ 闲坐地：即闲坐。地，句尾助词，无意义。

④ 会：恰好。

⑤ 山中相：山中宰相，指隐居的高贤。

⑥ 西村：指隐居之地。

⑦ 人事：人际关系。

⑧ 梦随蝶去了：典出《庄子·齐物论》庄周梦蝶的故事。此处指悠然进入奇妙梦境。

⑨ 东篱：作者自称。马致远以"东篱"为号，取自东晋陶渊明《饮酒》："采菊东篱下，悠然见南山。"表现出其对归隐生活的向往。

⑩ 风月主：意近"山中相"，意为自然的主人。

⑪ 是搭儿：这处、这地方。元代口语。

〔双调〕清江引

野兴

其二

绿蓑衣紫罗袍谁是主？两件儿都无济。便作钓鱼人，也在风波里。则不如寻个稳便处闲坐地。

其三

山禽晓来窗外啼，唤起山翁睡。恰道不如归，又叫行不得。则不如寻个稳便处闲坐地。

其四

天之美禄谁不喜？偏则说刘伶醉。毕卓缚瓮边，李白沉江底。则不如寻个稳便处闲坐地。

其五

楚霸王火烧了秦宫室，盖世英雄气。阴陵迷路时，船渡乌江际。则不如寻个稳便处闲坐地。

[南吕] 金字经 ①

絮飞飘白雪，鲊 ② 香荷叶风。且向江头作钓翁。穷 ③，男儿未济 ④ 中。风波梦 ⑤，一场幻化中。

---

① 金字经：曲牌名，正格字数为三十一字。又名"阅金经""西番经""梅边"。

② 鲊（zhǎ）：腌鱼。

③ 穷：穷困，不得志。

④ 未济：未成，没有成功。

⑤ 风波梦：在波涛与风雪中，如梦如幻。

[南吕] 金字经

夜来西风里，九天 ① 雕鹗 ② 飞。困煞中原一布衣 ③。悲，故人知未知？登楼意 ④，恨无上天梯 ⑤。

---

① 九天：九重天，指代统治者。

② 雕鹗：雕与鹗，猛禽。比喻奸佞。

③ 布衣：指平民百姓，这里是作者自称。

④ 登楼意：汉末王粲在荆州求官不成，便作《登楼赋》，表达其怀才不遇的心情。

⑤ 上天梯：一作"天上梯"。

[南吕]四块玉

恬退①

其三

翠竹边，青松侧，竹影松声两茅斋，太平幸得闲身在。三径修，五柳栽，归去来。②

其四

酒旋③沽④，鱼新买，满眼云山画图开，清风明月还诗债。本是个懒散人，又无甚经济才⑤。归去来。

---

①恬退：不争名夺利地退居田园。恬，坦然、淡薄。马致远以此为题，作《南吕·四块玉》共四首，此为后二首，余见篇后附录。

②"三径修"三句：化用自东晋陶渊明《归去来兮辞》和《五柳先生传》，意思是辞官隐居后的生活安定平顺。三径，最早出自东汉赵岐《三辅决录·逃名》："蒋诩归乡里，荆棘塞门，舍中有三径，不出，唯求仲、羊仲从之游。"指归隐田园的房舍。五柳，出自陶渊明《五柳先生传》："宅边有五柳树，因以为号焉。"本为陶渊明自号，也借指隐士的生活环境。归去来，出自陶渊明《归去来兮辞》："归去来兮，田园将芜胡不归。"指辞官归隐。

③旋：才。

④沽：买酒。

⑤经济才：经国济世的人才。

〔南吕〕四块玉

恬退

其一

绿鬓衰，朱颜改，羞把尘容画麟台，故园风景依然在。三顷田，五亩宅，归去来。

其二

绿水边，青山侧，二顷良田一区宅，闲身跳出红尘外。紫蟹肥，黄菊开，归去来。

〔南吕〕四块玉

天台①路

采药童，②乘鸾客。③怨感④刘郎下天台，春风再到人何在？桃花又不见开。命薄的穷秀才，谁教你回去来⑤？

---

①天台：天台山，位于今浙江天台。相传东汉刘晨、阮肇至天台山采药，入桃花源，遇二仙女，遂成婚配，还乡后世间已过百年，再到天台山却遍寻不到仙女。此桃花源与陶渊明之桃花源

并无联系，但后人逐渐将二者混同。

②采药童：指刘晨、阮肇。

③乘鸾客：乘着鸾凤飞升的人，一指仙人，一指娶妻后平步青云的男子。这里指刘晨、阮肇。

④怨感：悲怨。

⑤来：句末语气词，无意义。

[南吕] 四块玉

马嵬坡

睡海棠①，春将晚，恨不得明皇②掌中看。《霓裳》③便是中原患。不因这玉环，引起那禄山，怎知蜀道难④?

①睡海棠：指杨贵妃。北宋僧人惠洪《冷斋夜话》记载，唐明皇曾称酒醉未醒的杨贵妃为没睡醒的海棠。

②明皇：唐明皇，即唐玄宗李隆基。

③《霓裳》：指《霓裳羽衣曲》，传说杨贵妃善舞此曲。

④蜀道难：借李白《蜀道难》之名，指唐明皇在入川途中，于马嵬坡遭遇兵变。

[南吕] 四块玉

洞庭湖①

画不成，西施女，他本倾城②却倾吴③。高哉范蠡④乘舟去。那里是泛五湖⑤？若纶竿⑥不钓鱼，便索⑦他学楚大夫⑧。

---

① 洞庭湖：此处指太湖，因其中有一洞庭山而有此称。

② 倾城：倾城之貌。形容女子的美貌可使国家倾覆。

③ 倾吴：指吴王夫差因迷恋西施的美色，导致吴国灭亡。

④ 范蠡：春秋时越国大夫。越国被吴国打败后，与勾践一同在吴为奴三年，又辅佐勾践灭吴复国。复国后，他认为勾践的性格只能同患难，不可共太平，于是泛舟太湖，终不返。又一说他同西施一同泛舟隐居而去。

⑤ 五湖：指太湖，也指江湖、隐居之地。

⑥ 纶竿：钓鱼的线和竿。

⑦ 便索：就要。

⑧ 楚大夫：指越国大夫文种，其与范蠡一同辅佐越王，复国后被越王赐剑自刎。

[南吕] 四块玉

临邛市 ①

美貌才，名家子②，自驾着个私奔坐车儿。③汉相如④便做⑤文章士。爱他那一操儿琴⑥，共⑦他那两句儿诗⑧？也有改嫁时。

---

① 临邛（qióng）市：古郡名，位于今四川邛崃，是西汉才女卓文君的故乡。

② 名家子：名门之女，指卓文君。

③ "自驾着"句：卓文君因爱慕司马相如，于是与其相约私奔。司马相如一贫如洗，卓文君便在临邛开一酒馆，同司马相如一起当垆卖酒。

④ 汉相如：西汉司马相如，与卓文君成婚后，因写《子虚赋》《上林赋》而被汉武帝赏识，封为郎。

⑤ 便做：仅仅是、不过是。

⑥ 一操儿琴：一奏琴曲。指司马相如擅长弹琴，正是这一首琴曲赢得了卓文君的青睐。

⑦ 共：同，和。

⑧ 两句儿诗：指司马相如弹琴时曾吟诵的《凤求凰》。

[南吕] 四块玉

叹世 ①

其一

两鬓皤 ②，中年过，图甚区区 ③ 苦张罗？人间宠辱都参破。种春风二顷田，远红尘千丈波，倒大来 ④ 闲快活。

其四

佐国心，拿云手， ⑤ 命里无时莫刚求。随时 ⑥ 过遣 ⑦ 休生受 ⑧ 。几叶绵，一片绸，暖后休。

其五

带月行，披星走，孤馆寒食故乡秋。 ⑨ 妻儿胖了咱消瘦。枕上忧，马上愁，死后休。

其六

白玉堆，黄金垛，一日无常 ⑩ 果 ⑪ 如何？良辰媚景休空过。琉璃钟琥珀浓，细腰舞皓齿歌，倒大来闲快活。

---

① 叹世：马致远以"叹世"为题，作《南吕·四块玉》共九首，此处为其中四首，余见篇后附录。

② 皤（pó）：白。

③ 区区：小、少。形容功名富贵微不足道。

④ 倒大来：非常。来，语气助词，无意义。

⑤ 拿云手：比喻远大的志气。

⑥ 随时：指顺应时势。

⑦ 过遣：过活、打发日子。

⑧ 生受：受苦、辛苦。

⑨ "孤馆"句：孤独地在馆舍度过寒食节，（希望能）回到家乡与亲人团圆过中秋。寒食，传统节令，在清明节前一二日。该日禁烟火，只吃冷食，故名。

⑩ 无常：不按照普通的、规律的生活度过。

⑪ 果：结果、果然。

〔南吕〕四块玉

叹世

其二

子孝顺，妻贤惠，使碎心机为他谁？到头来难免无常日。争名利，夺富贵，都是痴。

其三

带野花，携村酒，烦恼如何到心头。谁能跃马常食肉？二顷田，一具牛，饱后休。

其七

风内灯，石中火，从结灵胎便南柯。福田休种儿孙祸。结三生清净缘，住一区安乐窝，倒大来闲快活。

其八

月满轮，花成朵，信马携仆到鸣珂。选一间岩嵌房儿坐。浅斟着金曲卮，低讴着白雪歌，倒大来闲快活。

其九

甑有尘，门无锁，人海从教斗张罗。共诗朋闲访相酬和。尽场儿吃闷酒，即席间发淡科，倒大来闲快活。

[仙吕]青哥儿①

十二月

正月

春城春宵无价，照星桥火树银花。②妙舞清歌最是他，翡翠坡前那人家。鳌山③下。

五月

榴花葵花争笑，先生醉读《离骚》④。卧看风檐燕垒巢，忽听得江津戏兰桡⑤。船儿闹。

九月

前年维舟寒濑⑥，对篷窗⑦丛菊花开。陈迹犹存戏马台⑧，说道丹阳寄奴⑨来。愁无奈。

十二月

隆冬寒严时节，岁功⑩来待将迁谢⑪。爱惜梅花积下雪⑫，分付与东君⑬略添些。丰年也。

---

①青哥儿：曲牌名，又名"青歌儿"。马致远作《仙吕·青哥儿》共十二首，分写十二个月，此处为其中四首，余见篇后附录。

②"照星桥"句：元宵佳节的灯火与天上的银河交相辉映。

③鳌山：装饰成海龟负山状的巨型灯火。

④《离骚》：战国时期楚国诗人屈原的长篇抒情诗，开创了中国文学史上的"骚体"诗歌形式。

⑤江津戏兰桡（ráo）：江边渡口正赛龙舟。桡，桨。

⑥维舟寒濑（lài）：秋日系船在江湾里。濑，本意为急流，此处指水回旋处。

⑦篷窗：船篷上的小窗。

⑧戏马台：位于今江苏铜川，东晋刘裕（宋武帝）曾在这里

会宾客，饮酒赋诗。

⑨丹阳寄奴：公元404年桓玄篡晋，刘裕由京口起兵讨伐他。丹阳与京口紧邻。寄奴是刘裕的小名。

⑩岁功：一年的时序。

⑪迁谢：时间的迁移和流逝。

⑫梅花积下雪：古人认为以梅花上的积雪烹茶，味道最佳，常常将其收集储存起来。

⑬东君：司春之神。

〔仙吕〕青哥儿

十二月

二月

前村梅花开尽，看东风桃李争春。宝马香车陌上尘，两两三三见游人。清明近。

三月

风流城南修禊，曲江头丽人天气。红雪飘香翠雾迷，御柳宫花几曾知。春归未。

四月

东风园林昨暮，被啼莺唤将春去。煮酒青梅尽醉渠，留下西楼美人图。闲情赋。

<h2 style="text-align:center">六月</h2>

冰壶瑶台天远，逃炎蒸莫要逃禅。约下新秋数日前，闲与仙人醉秋莲。凌波殿。

<h2 style="text-align:center">七月</h2>

梧桐初雕金井，月纤妍人自娉婷。独对青娥翠画屏，闲只管银河问双星。无蹊径。

<h2 style="text-align:center">八月</h2>

铜壶半分更漏，散秋香桂娥将就。天远云归月满楼，这清兴谁教庾江州。能消受。

<h2 style="text-align:center">十月</h2>

玄冥偷传春信，只多为腊蕊冰痕。山远楼高雪意新，锦帐佳人会温存。添风韵。

<h2 style="text-align:center">十一月</h2>

当年东君生意，在重泉一阳机会。与物无心总不知，律管儿女漫吹灰。闲游戏。

[越调] 天净沙

秋思

枯藤老树昏鸦①，小桥流水人家，古道②西风瘦马。夕阳西下，断肠人③在天涯。

---

① 昏鸦：黄昏时归巢的乌鸦。
② 古道：古老的驿路。
③ 断肠人：漂泊无依的游子。

[越调] 小桃红①

四公子宅赋②

春

画堂③春暖绣帏重④，宝篆⑤香微动。此外虚名要何用？醉乡中，东风唤醒梨花梦。主人爱客，寻常迎送，鹦鹉在金笼。

秋

碧纱人歇翠纨⑥闲，觉后微生汗。乞巧楼⑦空夜筵散，袜生寒，青苔砌上观银汉。流萤几点，井梧一叶，新月曲阑干⑧。

---

① 小桃红：曲牌名。又名"平湖乐""采莲曲""武陵春""绛桃春"。

② 四公子宅赋：马致远以此为题，作《越调·小桃红》共四首，此为其中春、秋二首，余见篇后附录。四公子，指战国时期的孟尝君、春申君、平原君、信陵君。

③ 画堂：汉代宫中的殿堂，后泛指华丽的屋舍。

④ 重（chóng）：一重重、一层层。

⑤ 宝篆：熏香的美称。熏香燃烧时烟如篆状，故称。

⑥ 纨：指纨扇，细绢制成的扇子。

⑦ 乞巧楼：七夕时乞巧的彩楼。

⑧ 曲阑干：弯曲回廊的栏杆。

［越调］小桃红

四公子宅赋

夏

映帘十二挂珍珠，燕子时来去。午梦薰风在何处？问青奴，冰敲宝鉴玎珰玉。兀的不胜如，石家争富，击破紫珊瑚。

冬

　　两轩修竹凤凰楼，雪压玲珑翠。惯得闲人日高睡，赖花医，扶头枕上多风味。门前怪得，狂风无力，家有辟寒犀。

王伯成

[中吕] 阳春曲

别情

多情^①去后香留枕，好梦回时冷透衾^②，闷愁山重海来深。独自寝，夜雨百年心。^③

---

① 多情：指情郎。

② 衾（qīn）：被子。

③ 夜雨百年心：在凄凄夜雨中，希望二人能够百年好合。

王实甫

[中吕]山坡羊 ①

春睡

云松螺髻，②香温鸳被 ③，掩春闺一觉伤春睡。柳花飞 ④，小琼姬，⑤一片声雪下呈祥瑞。把团圆梦儿生 ⑥ 唤起。谁？不做美。呸，却是你！

---

① 山坡羊：曲牌名，又名"山坡里羊""苏武持节"。该曲一说为张可久所作。

② 云松螺髻：蓬松如云般的螺髻在睡卧中松散。

③ 鸳被：即鸳鸯被，也叫合欢被，织有对称图案花纹，象征男女欢爱。

④ 柳花飞：指雪花飞。

⑤ 小琼姬：小丫鬟的别称。

⑥ 生：硬是，硬生生。

[中吕] 十二月过尧民歌 ①

别情

自别后遥山隐隐,更那堪远水粼粼。见杨柳飞绵滚滚,对桃花醉脸醺醺。透内阁香风阵阵,掩重门暮雨纷纷。　　怕黄昏忽地又黄昏,不销魂 ② 怎地不销魂!新啼痕压旧啼痕,断肠人忆断肠人。今春,香肌瘦几分?搂带 ③ 宽三寸。

---

① 十二月过尧民歌:由"十二月"和"尧民歌"两个曲牌组成,是为带过曲。

② 销魂:形容伤感到极点,宛如魂魄离散躯壳。也作"消魂"。

③ 搂(lōu)带:裙带、衣带。

杨　果

［越调］小桃红

采莲女①

其三

采莲人和②采莲歌，柳外兰舟过，不管鸳鸯梦惊破。夜如何？有人独上江楼卧。伤心莫唱，南朝旧曲，③司马泪痕多。④

其八

采莲湖上棹⑤船回，风约湘裙翠，⑥一曲琵琶数行泪。望君归，芙蓉开尽无消息。晚凉多少，红鸳白鹭，何处不双飞？

----

①采莲女：杨果以此题创作《越调·小桃红》共十一首，《全元散曲》所收录前八首均未在"采莲女"题下，后三首署"采莲女"之名，此处为其三、其八，余见篇后附录。

②和：唱和。

③南朝旧曲：指南朝陈后主的《玉树后庭花》，人称"亡国之音"。此处感叹金国灭亡。

④ 司马泪痕多：唐代白居易被贬江州曾作《琵琶行》，诗中有"座中泣下谁最多？江州司马青衫湿"一句。作者自比听琵琶曲伤怀的白居易。

⑤ 棹：船桨，指划船。

⑥ 风约湘裙翠：风把湘绣罗裙吹成翠绿色。约，涂饰。

〔越调〕小桃红

采莲女

其一

碧湖湖上采芙蓉，人影随波动，凉露沾衣翠绡重。月明中，画船不载凌波梦。都来一段，红幢翠盖，香尽满城风。

其二

满城烟水月微茫，人倚兰舟唱，常记相逢若耶上。隔三湘，碧云望断空惆怅。美人笑道：莲花相似，情短藕丝长。

其四

碧湖湖上柳阴阴，人影澄波浸，常记年时对花饮。到如今，西风吹断回文锦。羡他一对，鸳鸯飞去，残梦蓼花深。

其五

玉箫声断凤凰楼，憔悴人别后，留得啼痕满罗袖。去来休，楼前风景浑依旧。当初只恨，无情烟柳，不解系行舟。

其六

茭花菱叶满秋塘，水调谁家唱，帘卷南楼日初上。采秋香，画船稳去无风浪。为郎偏爱，莲花颜色，留作镜中妆。

其七

锦城何处是西湖，杨柳楼前路，一曲莲歌碧云暮。可怜渠，画船不载离愁去。几番会过，鸳鸯汀下，笑煞月儿孤。

其九

采莲湖上采莲娇，新月凌波小，记得相逢对花酌。那妖娆，殢人一笑千金少。羞花闭月，沉鱼落雁，不恁也魂消。

其十

采莲人唱采莲词，洛浦神仙似，若比莲花更强似。那些儿，多情解怕风流事。淡妆浓抹，轻颦微笑，端的胜西施。

其十一

采莲湖上采莲人，闷倚兰舟问，此去长安路相近。恨刘晨，自从别后无音信。人间好处，诗筹酒令，不管翠眉颦。

刘秉忠

[南吕] 翠盘秋 ①

干荷叶

其一

干荷叶，色苍苍，老柄风摇荡。减了清香，越添黄，都因昨夜一场霜。寂寞秋江上。

其四

干荷叶，色无多，不耐风霜挫 ②。贴秋波，倒枝柯，宫娃齐唱采莲歌。③ 梦里繁华过。

其五

南高峰，北高峰，惨淡烟霞洞。宋高宗，一场空，④ 吴山 ⑤ 依旧酒旗风。两度江南梦。⑥

---

　①翠盘秋：曲牌名，为刘秉忠自度曲，因咏"干荷叶"，故又名"干荷叶"。刘秉忠创作的《南吕·翠盘秋》共八首，此为其中三首，余见篇后附录。

　②挫：折损。

③"宫娃"句：此句为回想。杭州作为国都时，宫女曾在西湖边唱歌边采莲。

④"宋高宗"两句：宋高宗赵构是南宋的开国皇帝，他主政偏安一隅，不收复失地，并定都杭州，求的便是安绥，然而宋朝最终还是被颠覆，成了一场空。

⑤吴山：古时杭州属吴地。

⑥两度江南梦：指杭州曾为吴越和南宋两个朝代的都城，但政权均维持不久，如梦般消逝在历史中。

〔南吕〕翠盘秋

干荷叶

其二

干荷叶，映着枯蒲，折柄难擎露。藕丝无，倩风扶，待擎无力不乘珠。难宿滩头鹭。

其三

根摧折，柄敧斜，翠减清香谢。恁时节，万丝绝，红鸳白鹭不能遮。憔悴损干荷叶。

其六

夜来个，醉如酡，不记花前过。醒来呵，二更过，春衫惹定茨蘼科。绊倒花抓破。

其七

干荷叶，水上浮，渐渐浮将去。跟将你去，随将去，你问当家中有媳妇？问着不言语。

其八

脚儿尖，手儿纤，云鬈梳儿露半边。脸儿甜，话儿粘，更宜烦恼更宜忺。直恁风流倩。

王和卿

［仙吕］醉中天

咏大蝴蝶 ①

蝉破庄周梦，② 两翅驾东风。三百座名园一采 ③ 一个空。难道 ④ 风流种 ⑤？唬杀寻芳的蜜蜂。轻轻的飞动，把卖花人扇 ⑥ 过桥东。

---

① 咏大蝴蝶：传说元代中统初年，大都（今北京）出现一异常大蝴蝶，王和卿以此为题作《仙吕·醉中天》。

② 蝉破庄周梦：《庄子·齐物论》中有庄周梦蝶的故事。这里借此来形容蝴蝶之大。蝉，一本作"弹"，一本作"挣"。

③ 采：采花。

④ 难道：一作"谁道"。

⑤ 风流种：本指才华出众、举止潇洒的人物，此处形容大蝴蝶采花之貌。

⑥ 扇：摇动扇子或其他东西，使空气加速流动成风。这里指蝴蝶扇动翅膀的动作。

[仙吕] 一半儿

题情

其一

鸦翎^①般水鬓^②似刀裁，小颗颗芙蓉花额儿窄。待不梳妆怕娘左猜^③，不免插金钗。一半儿鬅松^④一半儿歪。

其四

别来宽褪缕金衣^⑤，粉悴烟憔^⑥减玉肌，泪点儿只除衫袖知。盼佳期，一半儿才干一半儿湿。

---

① 鸦翎：乌鸦的羽毛，形容女子秀发乌黑浓密。

② 水鬓：鬓角。

③ 左猜：猜疑。

④ 鬅（péng）松：即蓬松。

⑤ 缕金衣：以金缕缝制的衣服，比喻衣着华贵。

⑥ 粉悴烟憔：言女子妆面不施粉黛或哭花，遮不住憔悴，形容女子极度伤心。

盍西村

[越调] 小桃红

临川八景 ①

西园②秋暮

玉簪金菊露凝秋，酿出西园秀。烟柳新来为谁瘦？畅③风流，醉归不记黄昏后。小糟细酒④，锦堂晴昼，⑤拚⑥却再扶头⑦。

江岸水灯

万家灯火闹春桥，十里光相照。舞凤翔鸾⑧势绝妙。可怜⑨宵，波间涌出蓬莱岛⑩。香烟乱飘，笙歌喧闹，飞上玉楼腰。

戍楼残霞

戍楼⑪残照断霞红，只有青山送⑫。梨叶新来带霜重。望归鸿，归鸿⑬也被西风弄。闲愁万种，旧游云梦⑭，回首月明中。⑮

①临川八景：盍西村以"临川八景"为题，作《越调·小桃红》共八首，此为其中三首，余见篇后附录。

②西园：临川（今属江西）的一处名园。

③畅：真正是。元代俗语。

④小糟细酒：劣酒与美酒。

⑤锦堂晴昼：华丽的屋室明亮如白昼。

⑥拚（pàn）：舍弃、不顾惜。

⑦扶头：扶头酒。

⑧舞凤翔鸾：舞动的凤鸾形状的花灯。

⑨可怜：可惜。

⑩蓬莱岛：蓬莱又称"蓬壶"，传说为东海中神仙居住的神山。在此指华丽的灯火将水中汀岸装点得如蓬莱岛一般。

⑪戍楼：边防驻军的瞭望楼。

⑫送：陪伴。

⑬归鸿：南归的大雁。

⑭云梦：一说指云梦泽（在今湖南、湖北一带）；一说如云似梦，不真切的样子。

⑮回首月明中：化用自南唐李煜《虞美人》："小楼昨夜又东风，故国不堪回首月明中。"

〔越调〕小桃红

临川八景

东城早春

暮云楼阁画桥东，渐觉花心动。兰麝香中看鸾凤，笑融融，半醒不醉相陪奉。佳宾兴浓，主人情重，合和小桃红。

金堤风柳

落花飞絮舞晴沙，不似都门下。暮折朝攀梦中怕，最堪夸，牧童渔叟偏宜夏。清风睡煞，淡烟难画，掩映两三家。

客船晚烟

绿云冉冉锁清湾，香彻东西岸。官课今年九分办，厮追攀，渡头买得新鱼雁。杯盘不干，欢欣无限，忘了大家难。

市桥月色

玉龙高卧一天秋，宝镜青光透。星斗阑干雨晴后，绿悠悠，软风吹动玻璃皱。烟波顺流，乾坤如昼，半夜有行舟。

莲塘雨声

忽闻疏雨打新荷，有梦都惊破。头上闲云片时过，泛清波，兰舟饱载风流货。诸般小可，齐声高和，唱彻采莲歌。

[越调] 小桃红

杂咏

其三

杏花开后不曾晴，败尽游人兴。红雪①飞来满芳径。问春莺，春莺无语风方②定。小蛮③有情，夜凉人静，唱彻《醉翁亭》④。

---

①红雪：指杏花。

②方：才。

③小蛮：白居易的侍女。这里指歌姬。

④《醉翁亭》：宋代欧阳修《醉翁亭记》，此处指以该文创作的曲子。

陈草庵

[中吕] 山坡羊

叹世 ①

其十六

晨鸡初叫，昏鸦争噪，② 那个不去红尘闹？路迢迢，水迢迢，功名尽在长安道 ③。今日少年明日老。山，依旧好；人，憔悴了。

其二十

江山如画，茅檐低厦 ④。妻蚕女织儿耕稼。务桑麻，捕鱼虾，渔樵见了无别话。三国鼎分 ⑤ 牛继马 ⑥。兴，也任他；亡，也任他。

其二十二

渊明图醉，⑦ 陈抟贪睡，此时人不解当时意。志相违，事难随，不由他醉了齁睡。今日世途非向日。贤，谁问你？愚，谁问你？

---

① 叹世：感叹世事。陈草庵作《中吕·山坡羊》小令二十六

首，皆以"叹世"为题，此为其中三首。

②"晨鸡"两句：指代人世间的争名夺利，蝇营狗苟。

③长安道：通往京城之路，泛指仕途。长安，今陕西西安，古人多以长安代指国都。

④厦：大屋子。

⑤三国鼎分：指东汉灭亡后，天下三分为魏、蜀、吴三国。

⑥牛继马：指司马氏建立的西晋灭亡后，东晋皇帝是其母与牛姓小吏所生。

⑦渊明图醉：东晋陶渊明归隐后酷爱饮酒。

刘敏中

[正宫] 黑漆弩

村居遣兴

其一

长巾阔领^①深村住，不识我唤作伧父^②。掩白沙翠竹柴门，听彻秋来夜雨。　　闲将得失思量，往事水流东去。便直教^③画却凌烟^④，甚是^⑤功名了处^⑥。

其二

吾庐恰近江鸥住，更几个好事农父。对青山枕上诗成，一阵沙头风雨。　　酒旗只隔横塘，自过小桥沽去。尽疏狂^⑦不怕人嫌，是我生平喜处。

---

① 长巾阔领：长帽宽领，是平民、隐士的衣着。长，一作"高"。

② 伧（cāng）父：也作"伧夫"，指鄙贱的人。元代俗语。

③ 便直教：就算是被。

④ 画却凌烟：因为功名出众而被人将画像绘到凌烟阁中去。自唐太宗即位，将二十四位功臣画像置于凌烟阁起，有此习惯。

⑤ 甚是：果真是，元代俗语。

⑥ 了处：了结之处，归宿。

⑦ 尽疏狂：任凭自己放纵，不拘束。

滕 斌

[中吕] 普天乐

叹光阴，如流水，区区^①终日，枉用心机。辞是非，绝名利，笔砚诗书为活计，乐齑盐^②稚子山妻^③。茅舍数间，田园二顷，归去来兮！

---

① 区区：形容一心一意。

② 齑（jī）盐：切碎的腌菜末，指简朴的生活。

③ 山妻：隐士对自己妻子的谦称。

李德载

[中吕] 喜春来

赠茶肆 ①

其一

茶烟一缕轻轻飏，搅动兰膏 ② 四座香，烹煎妙手赛维扬 ③。非是谎，下马试来尝。

其九

金樽满劝羊羔酒 ④，不似灵芽 ⑤ 泛玉瓯 ⑥，声名喧满岳阳楼 ⑦。夸妙手，博士 ⑧ 更风流。

---

① 赠茶肆：李德载以"赠茶肆"为题，创作《中吕·喜春来》共十首，此为其一、其九，余见篇后附录。

② 兰膏：用兰花提炼成的油脂，有兰香。这里指茶的清香。

③ 维扬：即扬州。

④ 羊羔酒：以羊肉、糯米等原料酿造而成的酒，起源于汉魏，元代兴盛，因其"色泽白莹，入口绵甘"，如羊羔之味，故名。

⑤ 灵芽：茶叶的美称。

⑥ 玉瓯：洁白的茶具。

⑦ 岳阳楼：位于湖南岳阳洞庭湖畔，是古代四大名楼之一。相传为东汉末年鲁肃所建的"阅兵楼"，因宋代范仲淹《岳阳楼记》而名扬天下。

⑧ 博士：宋元时期将茶坊伙计雅称为"茶博士"。

〔中吕〕喜春来

赠茶肆

其二

黄金碾畔香尘细，碧玉瓯中白雪飞，扫醒破闷和脾胃。风韵美，唤醒睡希夷。

其三

蒙山顶上春光早，扬子江心水味高，陶家学士更风骚。应笑倒，销金帐饮羊羔。

其四

龙团香满三江水，石鼎诗成七步才，襄王无梦到阳台。归去来，随处是蓬莱。

其五

一瓯佳味侵诗梦，七碗清香胜碧筒，竹炉汤沸火初红。两腋风，人在广寒宫。

其六

木瓜香带千林杏，金橘寒生万壑冰，一瓯甘露更驰名。恰二更，梦断酒初醒。

其七

兔毫盏内新尝罢，留得余香在齿牙，一瓶雪水最清佳。风韵煞，到底属陶家。

其八

龙须喷雪浮瓯面，凤髓和云泛盏弦，劝君休惜杖头钱。学玉川，平地便升仙。

其十

金芽嫩采枝头露，雪乳香浮塞上酥，我家奇品世间无。君听取，声价彻皇都。

胡祗遹

[双调] 沉醉东风

其一

月底花间酒壶，水边林下茅庐。避虎狼，盟鸥鹭，^①是个识字的渔夫。蓑笠^②纶竿钓今古，一任他斜风细雨。

其二

渔^③得鱼心满愿足，樵^④得樵眼笑眉舒。一个罢了钓竿，一个收了斤斧。林泉下偶然相遇，是两个不识字渔樵士大夫，他两个笑加加^⑤的谈今论古。

---

①"避虎狼"两句：避开虎狼猛兽，与鸥鹭名禽为伴。指作者不与黑暗势力同流合污，选择归隐山林的态度。

②蓑笠：蓑衣和斗笠。

③渔：渔夫。

④樵：樵夫。

⑤笑加加：笑哈哈。元代俗语。

卢 挚

[黄钟] 节节高①

题洞庭鹿角②庙壁

雨晴云散，满江明月。风微浪息，扁舟一叶。半夜心，③三生梦，④万里别。闷倚篷窗睡些⑤。

---

① 节节高：曲牌名，又叫"接接高"。

② 鹿角：镇名，位于今湖南岳阳洞庭湖畔。

③ 半夜心：夜半时分心中的思绪万千。

④ 三生梦：三生乃佛教用语，指前生、今生和来生。意思是三生的缘分如梦似幻。

⑤ 些：句末助词，类似"吧""啊"等。

[南吕] 金字经

宿邯郸驿①

梦中邯郸道②，又来走这遭。须③不是山人索价高④。时⑤自嘲，虚名无处逃。谁惊觉？晓霜侵鬓毛。

① 邯郸驿：旧址在今河北邯郸附近。

② 梦中邯郸道：典出唐代沈既济《枕中记》，传说卢生在邯郸道客舍遇吕翁，吕翁给他一个枕头让他睡觉，卢生入梦，梦中经历荣华富贵。醒来后，店主蒸的黄粱米饭还未熟。后人以此比喻富贵虚幻如梦，也叫黄粱一梦。这里是作者自比，嘲讽为功名奔波的自己。

③ 须：本来。

④ 山人索价高：隐居山中的代价很大，要放弃很多，故归隐不易。

⑤ 时：当下。

[正宫] 黑漆弩

晚泊采石（矶），醉歌田不伐《黑漆弩》，因次其韵，寄蒋长卿金司、刘芜湖巨川。

湘南长忆崧南①住，只怕失约了巢父②。舣③归舟唤醒湖光，听我篷窗春雨。故人倾倒④襟期⑤，我亦载愁东去。记朝来黯别⑥江滨，又弭棹⑦蛾眉晚处⑧。

① 崧南："崧"即"嵩"，中岳嵩山以南。

② 巢父：传说中的高士，因筑巢而居，人称巢父。此处指作者隐居的朋友。

③ 舣（yǐ）：停船靠岸。

④ 倾倒（dào）：倾诉。

⑤ 襟期：志向。

⑥ 黯别：黯然失神地离别。

⑦ 弭（mǐ）棹：停船。

⑧ 蛾眉晚处：指美人迟暮之时，此处指令人伤感的地方。

[双调] 殿前欢 ①

其七

酒杯②浓，一葫芦③春色④醉山翁，一葫芦酒压花梢重。随我奚童⑤，葫芦干、兴不穷。谁与共？一带青山送。乘风列子，列子乘风。⑥

其九

酒新刍⑦，一葫芦春醉海棠洲，一葫芦未饮香先透。俯仰⑧糟丘⑨，傲⑩人间、万户侯。重酤后，梦景皆虚谬。庄周化蝶，蝶化庄周。⑪

① 殿前欢：曲牌名，又作"凤将雏""凤引雏""燕引雏""小妇孩儿"。卢挚创作《双调·殿前欢》共十首，此为其七、其九，余见篇后附录。

② 酒杯：这里指酒意。

③ 葫芦：葫芦形的酒器。

④ 春色："洞庭春色"的缩语，酒名。

⑤ 奚童：小童仆。

⑥ "乘风列子"两句：典出《庄子·逍遥游》："夫列子御风飞行，泠然善也。"此处以列子自比，表达作者怡然自得，飘飘若仙的心境。

⑦ 笋（chōu）：一种竹制的滤酒器具，也指滤酒。

⑧ 俯仰：很短的时间内。

⑨ 糟丘：积起酒糟堆成小丘。暗指酿酒、饮酒很多。

⑩ 傲：傲视。

⑪ "庄周化蝶"两句：典出《庄子·齐物论》，形容酒后如梦似幻的情形。

〔双调〕殿前欢

其一

寿阳妆，更何须兰被借温芳。玉妃不卧鲛绡帐，月户云窗。前村远、驿路长，空惆怅，凭谁问花无恙？被春愁晓梦，瘦损何郎。

其二

万花丛，蹒韶光肯放彩云空。痴呆呆未解三生梦，娇滴滴一捻春风。歌喉边、笑语中，秋波送，依约见芳心动。被啼莺恋住，江上归鸿。

其三

海棠庭，这红妆也见主人情。被东风吹软新歌咏，都为花卿。黄鹄飞、白鹿鸣，山林兴，佳丽相辉映。是烟霞翠袖，锦帐云屏。

其四

小楼红，隔纱窗斜照月朦胧。绣衾薄不耐春寒冻，帘幕无风。篆烟消、宝鼎空，难成梦，孤负了鸾和凤。山长水远，何日相逢？

其五

作闲人，向沧波濯尽利名尘。回头不睹长安近，守分清贫。足不袜、发不巾，谁嗔问？无事萦方寸。烟霞伴侣，风月比邻。

其六

寿阳人，玉溪先占一枝春。红尘驿使传芳信，深雪前村。冰梢上、月一痕，云初褪，瘦影向纱窗上印。香来梦里，寂寞黄昏。

其八

酒频沽，正花间山鸟唤提壶。一葫芦提在花深处，任意狂疏。一葫芦、够也无？临时觑，不够时重沽去。任三闾笑我，我笑三闾。

其十

酒频倾，一葫芦风味扶诗兴。一葫芦杖挑相随定，荷插银瓶。爱诗家、阮步兵，宽沽兴，身世都休竞。螟蛉蜾蠃，蜾蠃螟蛉。

[双调] 落梅风

别珠帘秀①

才欢悦，早间别②，痛煞煞好难割舍。画船儿载将③春④去也，空留下半江明月。

---

①珠帘秀：元代著名杂剧女演员，与卢挚、关汉卿等均有往来。

② 间别：离别。

③ 将：衬字，无意义。

④ 春：春天。此处代指珠帘秀，也象征二人之间深厚的情谊。

[双调] 沉醉东风

秋景

挂绝壁松枯倒倚，① 落残霞孤鹜齐飞。② 四围不尽山，一望无穷水，散西风满天秋意。夜静云帆月影低，载我在潇湘画③ 里。

① 挂绝壁松枯倒倚：化用自唐代李白《蜀道难》"枯松倒挂倚绝壁"一句。

② 落残霞孤鹜齐飞：化用自唐代王勃《滕王阁序》"落霞与孤鹜齐飞"一句。

③ 潇湘画：指北宋宋迪的《潇湘八景图》。

[双调] 沉醉东风

闲居 ①

其一

雨过分畦种瓜，旱时引水浇麻。共几个田舍翁，说几句庄家 ② 话。瓦盆边浊酒生涯 ③。醉里乾坤大，任他高柳清风睡煞。

其二

恰离了绿水青山那搭 ④，早来到竹篱茅舍人家。野花路畔开，村酒槽头 ⑤ 榨，直吃的欠欠答答 ⑥。醉了山童不劝咱，白发上黄花乱插。

其三

学邵平坡前种瓜 ⑦，学渊明篱下栽花 ⑧。旋凿开菡萏 ⑨ 池，高竖起荼蘼 ⑩ 架。闷来时石鼎烹茶。无是无非快活煞，锁住了心猿意马。

---

①闲居：卢挚以"闲居"为题，创作《双调·沉醉东风》共三首。

②庄家：即庄稼。

③生涯：生活。

④ 那搭：也作"那答"，那里、那边儿。元代俗语。

⑤ 槽头：滤酒的器具。

⑥ 欠欠答答：醉酒后指口唇颤动、迷迷糊糊的样子。元代俗语。

⑦ 邵平坡前种瓜：邵平，秦末汉初人。秦朝时被封为东陵侯，秦亡后在长安城东南霸城门外种瓜，传说瓜味鲜美，皮有五色，世称"东陵瓜"。

⑧ 渊明篱下栽花：东晋陶渊明归隐后写就"采菊东篱下，悠然见南山"的诗句。

⑨ 菡萏（hàndàn）：未开的荷花。

⑩ 荼蘼（túmí）：也作酴醾。花名，夏初开白色花，有香气。

[双调] 沉醉东风

重九 ①

题红叶清流御沟，②赏黄花人醉歌楼。天长雁影稀，月落山容瘦，冷清清暮秋时候。衰柳寒蝉一片愁，谁肯教白衣送酒③？

① 重九：即农历九月初九重阳节。古人以六为阴，以九为阳，故名重阳。古时重阳节往往有登高远眺、观赏菊花、遍插茱萸等习俗。

② "题红叶"句：出自"红叶题诗"的典故。传说唐代一宫女

在红叶上题诗，红叶经由御沟流出宫外，被一书生拾得，后此人娶妻，竟然娶到当时题诗的宫女。后用来形容良缘巧得。

③白衣送酒：典出南朝宋檀道鸾《续晋阳秋》，这里指作者希望有朋友能与他同饮。

[双调] 蟾宫曲

想人生七十犹稀，①百岁光阴，先过了②三十。七十年间，十岁顽童，十载尪羸③。五十岁除分④昼黑，刚分得一半儿白日。风雨相催，兔走乌飞。⑤仔细沉吟，都不如快活了便宜⑥。

①想人生七十犹稀：化用自唐代杜甫《曲江》："酒债寻常行处有，人生七十古来稀。"指能活到七十岁的人很少。

②过了：去掉、除了。

③尪羸（wāngléi）：瘦弱之人，指老人。

④除分：平分开。

⑤兔走乌飞：指日月流转，时光飞逝。古代神话中有月中有兔、日中有三足乌的说法，故以"兔""乌"指代月与日。

⑥便宜：便当、合适。

[双调] 蟾宫曲

丽华①

叹南朝六代②倾危,结绮临春,③今已成灰。惟有台城④,挂残阳水绕山围。胭脂井⑤金陵⑥草萋,后庭空玉树花飞。⑦燕舞莺啼,王谢堂前,待得春归。⑧

① 丽华:指南朝陈后主的宠妃张丽华。陈后主建临春、结绮和望仙三座楼阁,自居临春,张丽华住结绮,过着享乐无度的生活。隋朝军队攻破建康,二人终被杀。

② 南朝六代:指三国时的吴、东晋,以及南朝的宋、齐、梁、陈四朝,均建都建康(今江苏南京),史称"六朝"。

③ 结绮临春:即陈后主和张丽华居住的楼阁宫殿。

④ 台城:位于今南京鸡鸣山附近,是六朝皇帝所住的地方。

⑤ 胭脂井:又名"辱井",是陈朝景阳宫中的井。因陈后主和张丽华躲至井中避难,故称。

⑥ 金陵:南京的别称。

⑦ "后庭空"句:指陈后主所作《玉树后庭花》时的场景已不再。

⑧ "燕舞"三句:化用自唐代刘禹锡《乌衣巷》:"旧时王谢堂前燕,飞入寻常百姓家。"王谢,指东晋时南京最大的两个世族王家和谢家。

珠帘秀

［双调］寿阳曲

答卢疏斋 ①

山无数，烟万缕，憔悴煞玉堂人物②。倚篷窗一身儿活受苦，恨不得随大江东去③。

---

① 答卢疏斋：卢疏斋即卢挚。前文卢挚有题《别珠帘秀》一曲，后珠帘秀酬答此曲。

② 玉堂人物：指卢挚。玉堂本为汉代未央宫内的玉堂殿，是臣子待诏之所，唐代待诏于翰林院，宋以后称翰林院为"玉堂"。时值卢挚为翰林学士，故称。

③ 大江东去：语出宋代苏轼《念奴娇·赤壁怀古》："大江东去，浪淘尽，千古风流人物。"此处表达不愿分离，宁愿随江流逝去的心情。

姚燧

[越调] 凭阑人

寄征衣①

欲寄君衣君不还②，不寄君衣君又寒。寄与不寄间，妾身千万难。

---

① 征衣：远离家乡之人的衣服。这里指远征将士的衣服。

② 还：回来、归乡。

[中吕] 阳春曲①

其四

笔头风月②时时过，眼底儿曹③渐渐多。有人问我事如何？人海④阔，无日不风波⑤。

---

① 阳春曲：曲牌名。姚燧创作《中吕·阳春曲》共四首（一说其三为伯颜所作），此为其四，余见篇后附录。

② 笔头风月：文学中的风花雪月，指作者的文章，也代指官

场中的人际交往。

③儿曹：儿孙。指晚辈。

④人海：人世间。

⑤风波：比喻人事的繁杂和仕途的艰难。

〔中吕〕阳春曲

其一

墨磨北海乌龙角，笔蘸南山紫兔毫。花笺铺展砚台高。诗气豪，凭换紫罗袍。

其二

石榴子露颜回齿，菡萏花含月女姿。不知张敞画眉时。甚意思，墨点了那些儿。

其三

金鱼玉带罗袍就，皂盖朱幡赛五侯。山河判断笔尖头。得志秋，分破帝王忧。

[中吕] 满庭芳 ①

其一

天风海涛，昔人曾此，酒圣诗豪。② 我到此闲登眺，日远天高。③ 山接水茫茫渺渺④，水连天隐隐迢迢⑤。供吟笑⑥。功名事了，不待老僧招。⑦

---

① 满庭芳：曲牌名，又名"锁阳台""满庭霜""潇湘夜雨""话桐乡""满庭花"。姚燧作《中吕·满庭芳》共二首，此为其一，其二见篇后附录。

② 酒圣诗豪：酒中圣贤与诗中英豪，指刘伶和刘禹锡。此处指古往今来的文人墨客，在此饮酒赋诗。

③ 日远天高：言登临所见日极远、天极高，又暗指仕途艰难，如上九天。

④ 茫茫渺渺：山水相连，辽阔苍茫。

⑤ 隐隐迢迢：水天相接，隐约不明。

⑥ 吟笑：一作"吟啸"，吟咏长啸。

⑦ 不待老僧招：不等老僧召唤，便自行归隐。

〔中吕〕满庭芳

其二

帆收钓浦，烟笼浅沙，水满平湖。晚来尽滩头聚，笑语相呼。鱼有剩和烟旋煮，酒无多带月须沽。盘中物，山肴野蔌，且尽葫芦。

〔中吕〕醉高歌①

感怀

其一

十年燕月歌声②，几点吴霜鬓影③。西风吹起鲈鱼兴，④已在桑榆暮景⑤。

其二

荣枯⑥枕上三更，傀儡场⑦头四并⑧。人生幻化如泡影，那个临危自省？

其三

岸边烟柳苍苍，江上寒波漾漾。阳关旧曲⑨低低唱，只恐行人断肠。

其四

十年书剑[10]长吁，一曲琵琶暗许。[11]月明江上别溢浦[12]，愁听兰舟夜雨。

---

①醉高歌：曲牌名，又名"醉高楼""最高楼"。姚燧以"感怀"为题，作《中吕·醉高歌》共四首。

②燕（yān）月歌声：指在大都时的清闲生活。元大都古代地属燕国。

③吴霜鬓影：指在江东（位于今江苏）晚年的一段为官生涯。江东古代地属吴国。

④"西风"句：典出《晋书·张翰传》："翰因见秋风起，乃思吴中菰菜、莼羹、鲈鱼脍。"这里是想要弃官还乡的意思。

⑤桑榆暮景：这里指人到暮年。

⑥荣枯：人生的荣华和落寞。

⑦傀儡场：演傀儡戏的场所。这里比喻官场。

⑧四并：南朝宋谢灵运《拟魏太子邺中集诗序》："天下良辰、美景、赏心、乐事，四者难并。"后以"四并"指良辰、美景、赏心、乐事四者同时遭逢。

⑨阳关旧曲：阳关曲，词牌名，原名"渭城曲"，因唐代王维《送元二使安西》"渭城朝雨浥轻尘，客舍青青柳色新。劝君更尽一杯酒，西出阳关无故人"而得名。阳关旧曲即原曲。

⑩书剑：携带书剑，指在外为官远游。

⑪一曲琵琶暗许：唐代白居易写《琵琶行》相赠琵琶女，称赞其琴艺，其中"同是天涯沦落人"一句还表达了白居易的同情

与自哀。作者借此表达对自己为官生涯的感叹，以及送友人的伤感。暗许，暗自称赞。

⑫溢（pén）浦：溢水渡口。白居易《琵琶行》中也有"送客溢浦口"。

冯子振

[正宫] 鹦鹉曲 ①

序云：白无咎有《鹦鹉曲》云："侬家鹦鹉洲边住，是个不识字渔父。浪花中一叶扁舟，睡煞江南烟雨。觉来时满眼青山，抖擞绿蓑归去。算从前错怨天公，甚也有安排我处。"余壬寅岁留上京，有北京伶妇御园秀之属，相从风雪中。恨此曲无续之者，且谓前后多亲炙士大夫，拘于韵度，如第一个"父"字，便难下语，又"甚也有安排我处"，"甚"字必须去声字，"我"字必须上声字，音律始谐，不然不可歌，此一节又难下语。诸公举酒，索余和之。以汴、吴、上都、天京风景试续之。

山亭逸兴

嵯峨 ② 峰顶移家住，是个不喞嘹 ③ 樵父。烂柯时树老无花 ④，叶叶枝枝风雨。 〔幺 ⑤〕故人曾唤我归来，却道不如休去。指门前万叠云山，是不费青蚨 ⑥ 买处。

感事

江湖难比山林住，种果父 ⑦ 胜刺船父 ⑧。看春花又看秋花，不管颠风狂雨。 〔幺〕尽人间白浪滔天，我自醉歌眠去。到中流 ⑨ 手脚忙时，则靠着柴扉 ⑩ 深处。

野客[11]

春归不恋风光住，向老拙问讯槎父。[12]叹匡山[13]李白漂零，寂寞长安花雨。[14]　〔幺〕指沧溟铁网珊瑚[15]，袖卷钓竿西去。[16]锦袍空醉墨淋漓，[17]是万古声名响处。

---

①鹦鹉曲：曲牌名。冯子振作《中吕·鹦鹉曲》有四十余首，此为其中三首，另收五首见篇后附录。

②嵯峨（cuó'é）：形容山势险峻。

③不唧嗍（liū）：不精明、不伶俐。元代俗语。

④“烂柯”句：比喻时光易逝人易老。烂柯，典出南朝梁任昉《述异记》，传说晋朝王质进山伐木，遇到一群童子在下棋，童子给他一物，似枣核状，他含在口中不觉饥饿，一会儿离开时，斧头的木柄已经烂掉了。后以“烂柯”形容光阴极快地流逝。

⑤幺：一作“么”，幺篇的简称。词曲中同一曲牌连用，后面一曲不再写曲名，称为幺篇。

⑥青蚨（fú）：传说中的一种虫，指代铜钱、金钱。

⑦种果父：农夫。比喻隐居者。

⑧刺船父：船夫。比喻在江湖中沉浮的人，即为官者。

⑨中流：水流的中央，激流深处。

⑩柴扉：木门。指代隐士居所。

⑪野客：指唐代诗人李白。

⑫“春归”两句：言李白已不年轻，不追寻春光却到长安翰林院求官。问讯槎父（cháfǔ），晋代张华《博物志》中言天河与海相

通，槎就是通天的船，所以"问讯槎父"就是向撑船的人询问登天之法，比喻寻求入朝做官的机遇。

⑬匡山：即庐山，位于今江西鄱阳湖附近。李白曾在此短暂隐居。

⑭寂寞长安花雨：指李白虽在长安做官，却并无功绩，就像春花飞落，可惜可叹。

⑮沧溟铁网珊瑚：传说李白辞官后四处游历，饮酒泛舟长江，跳入水中捞月溺亡。沧溟，大海，此处指长江水。铁网珊瑚，出自唐代李商隐《碧城》："玉轮顾兔初生魄，铁网珊瑚未有枝。"原指用铁网打捞珊瑚，此处指李白醉酒，至水中捞月。

⑯袖卷钓竿西去：指李白下水后，即刻溺毙身亡。

⑰"锦袍"句：李白在《将进酒》中写："天生我材必有用，千金散尽还复来。"指李白虽金银散尽，但在醉酒时仍写就众多流芳百世的诗篇。

〔正宫〕鹦鹉曲

野渡新晴

孤村三两人家住，终日对野叟田父。说今朝绿水平桥，昨日溪南新雨。 〔幺〕碧天边云归岩穴，白鹭一行飞去。便芒鞋竹杖行春，问底是青帘舞处。

渔父

沙鸥滩鹭祸依住，镇日坐钓叟纶父。趁斜阳晒网收竿，又是南风催雨。　〔幺〕绿杨堤忘系孤桩，白浪打将船去。想明朝月落潮平，在掩映芦花浅处。

赤壁怀古

茅庐诸葛亲曾住，早赚出抱膝梁父。笑谈间汉鼎三分，不记得南阳耕雨。　〔幺〕叹西风卷尽豪华，往事大江东去。彻如今话说渔樵，算也是英雄了处。

都门感旧

都门花月蹉跎住，恰做了白发伧父。酒微醒曲榭回廊，忘却天街酥雨。　〔幺〕晓钟残红被留温，又逐马蹄声去。恨无题亭影楼心，画不就愁城惨处。

忆西湖

吴侬生长西湖住，叙画舫听棹歌父。苏堤万柳春残，曲院风荷番雨。　〔幺〕草萋萋一道腰裙，软绿断桥斜去。判兴亡说向林逋，醉梅屋梅梢偃处。

贯云石

[中吕] 红绣鞋 ①

挨着靠着云窗 ② 同坐，偎着抱着月枕 ③ 双歌，听着数着愁着怕着早四更过 ④。四更过，情未足，情未足，夜如梭。天哪，更闰一更儿 ⑤ 妨甚么！

① 红绣鞋：曲牌名，又名"朱履曲""羊头靴"。
② 云窗：雕有云形花纹的窗户。
③ 月枕：月牙形的枕头。
④ 四更过：意为即将天明。
⑤ 闰一更儿：延长一更。闰：公历四年加一日，名"闰日"，这一年即为闰年；农历两三年加一月，名"闰月"。时辰没有"闰"的说法，这里指男女希望相会的时间更久一点。

[双调] 落梅风

新秋至，人乍 ① 别，顺长江水流残月。悠悠 ② 画船东去也！这思量 ③ 起头儿 ④ 一夜。

①乍：才、刚刚。

②悠悠：轻轻飘远的样子。

③思量：想念的情绪。

④起头儿：在开头、第一个。元代口语。

[双调] **殿前欢**

畅①幽②哉，春风无处不楼台。③一时怀抱俱无奈，总对天开。④就渊明归去来⑤，怕鹤怨山禽怪，⑥问甚功名在！酸斋⑦是我，我是酸斋。

①畅：真是。元代俗语。

②幽：沉静而安闲。

③"春风"句：即"楼台无处不春风"，为押韵而颠倒语序。

④总对天开：总是面对苍天敞开心扉。

⑤归去来：东晋陶渊明作《归去来兮辞》表明归隐之心，这里借指作者自己也决定弃官归隐。

⑥怕鹤怨山禽怪：典出南朝齐孔稚珪《北山移文》："蕙帐空兮夜鹤怨，山人去兮晓猿惊。"意思是归隐之人再次出仕，让山中的鹤与猿都惊奇怨怪。这里是指作者心境反复，既想要归隐，又害怕功名瞬失。

⑦酸斋：作者自号。

[双调] 殿前欢

怕西风，晚来吹上广寒宫。玉台^①不放香奁^②梦，正要情浓。此时心造物同，听甚《霓裳弄》，酒后黄鹤送。^③山翁^④醉我，我醉山翁。

---

① 玉台：传说中天帝的居所。

② 香奁（lián）梦：香奁是盛放香粉、镜子等物的匣子，借指闺阁。香奁梦即仙境香艳之梦。

③ "听甚"两句：南朝梁任昉《述异记》中记载，有一黄鹤载着仙人到荀瓌住处，宾主对饮，随后仙人驾鹤而去。这里指作者不屑于见仙人听仙乐，也不在乎能否驾鹤成仙，只沉湎于酒和自然的意境之中。

④ 山翁：指晋代名士山简。传说他常常酩酊大醉而不自知。

[双调] 殿前欢

和阿里西瑛《懒云窝》^①

懒云窝，阳台谁与送巫娥？^②蟾光^③一任来穿破，遁迹由他。蔽一天星斗多，分半榻蒲团坐，尽万里鹏程挫。向烟霞笑傲^④，任世事蹉跎^⑤。

①《懒云窝》：元代散曲家阿里西瑛作《懒云窝》，本曲为贯云石唱和之作。

②"阳台"句：战国楚宋玉《高唐赋序》中楚王与巫山神女梦中在云山相会的典故，意指男女的情思入梦。阳台，巫山阳云之台，是楚王与巫山神女云雨之所。巫娥，巫山神女。

③蟾光：月光。相传月亮上有蟾蜍。

④笑傲：有洒脱、从容不羁、逍遥自在之意，大多用来形容人的气质。

⑤蹉跎：虚度光阴。

[正宫] 塞鸿秋^①

代人作

其一

战^②西风几点宾鸿^③至，感起我南朝千古伤心事。^④展花笺^⑤欲写几句知心事，空教我停霜毫^⑥半晌无才思。往常得兴时，一扫无瑕玼。^⑦今日个病恹恹刚写下两个相思字。

①塞鸿秋：曲牌名，正格字数为四十五字。贯云石借他人之口作《正宫·塞鸿秋》共二首，此为其一，其二见篇后附录。

②战：同"颤"，发抖。

③宾鸿：即鸿雁。古人以农历八月先南归的大雁为主，称九月以后南归的大雁为宾。宾鸿至说明九月已到，秋意渐浓。

④"感起我"句：南朝宋、齐、梁、陈四个王朝，其君主多荒淫误国，引得后代文人伤感吟咏。

⑤花笺：精致华美的纸，多供题咏书札之用。

⑥霜毫：白兔毛做的毛笔。

⑦一扫无瑕玼：形容文章一笔写就，不用修饰。

〔正宫〕塞鸿秋

代人作

其二

起初儿相见十分忺，心肝儿般敬重将他占。数年间来往何曾厌？这些时陡恁的恩情俭。推道是板障柳青严，统镘姨夫欠。只被俏苏卿抛闪煞穷双渐。

刘 致

[中吕] 山坡羊

燕城^①述怀

云山有意，轩裳^②无计，被西风吹断功名泪。去来兮，再休提！青山尽解^③招人醉，得失到头皆物理^④。得，他命里；失，咱命里。

---

① 燕城：今北京。

② 轩裳：古代卿大夫以上官员的车服。代指身居高位的人。

③ 尽解：完全懂得。

④ 物理：事物的内在规律或道理。指命中注定。

[中吕] 山坡羊

西湖醉歌次郭振卿韵

朝朝琼树^①，家家朱户^②，骄嘶^③过沽酒楼前路。贵何如？贱何如？六桥^④都是经行处，花落水流深院宇。^⑤闲，天定许^⑥；忙，人自取。

---

① 琼树：树木的美称，也指仙树。

② 朱户：朱红色大门，指富贵人家。

③ 骄嘶：骏马的嘶鸣声。

④ 六桥：宋代苏轼在杭州任职时，曾修筑映波、锁澜、望山、压堤、东浦、跨虹六座桥，现为西湖名胜。

⑤ "花落水流"句：化用自五代李后主《浪淘沙》"流水落花春去也"一句，及宋代欧阳修（一说冯延巳作）《蝶恋花》"庭院深深深几许"一句。意思是，就算是庭院深深的富贵人家，也会像落花和流水一样逝去。

⑥ 定许：注定。

乔 吉

［双调］水仙子

游越福王府 ①

笙歌 ② 梦断蒺藜沙 ③，罗绮香余野菜花，④ 乱云老树夕阳下。燕休寻王谢家，⑤ 恨兴亡怒煞些鸣蛙 ⑥。铺锦池埋荒甃 ⑦，流 ⑧ 杯亭堆破瓦，何处也繁华。

---

① 福王府：南宋福王赵与芮的府第，在绍兴府山阴县（今绍兴）。

② 笙歌：和笙奏乐之声，比喻福王的富贵生活。

③ 蒺藜（jílí）沙：蒺藜丛生的沙土地。蒺藜，一种野生植物，有刺，所以也叫刺蒺藜。

④ "罗绮"句：富贵人家穿的华服的芬芳好像沾染在了野菜花上。指富贵人家没落。

⑤ "燕休寻"句：化用自唐代刘禹锡《乌衣巷》："旧时王谢堂前燕，飞入寻常百姓家。"意思是叫燕子不要再找王、谢、福王这样的富贵人家筑巢，因为终究会逝去。

⑥ 怒煞些鸣蛙：化用"越王轼蛙"的典故。汉代赵晔《吴越春秋·勾践伐吴外传》中记载，勾践在伐吴前，见一怒蛙，凭轼致敬，因小小蛙虫见敌而有怒气，以此振奋士气。此处意为作者

因国家衰亡而愤慨。

⑦甃（zhòu）：砌井壁的砖。

⑧流：涂饰。

［双调］水仙子

赋李仁仲懒慢斋①

闹排场②经过乐回闲，勤政堂③辞别撒④会⑤懒，急喉咙⑥倒唤学些慢。掇梯儿休上竿，⑦梦魂中识破邯郸。⑧昨日强如今日，这番险似那番，君不见鸟倦知还⑨？

---

①赋李仁仲懒慢斋：作者的好友李仁仲身在官场，却享受闲乐人生，故自题斋名"懒慢斋"。作者以此为由头，劝好友远离险恶官场，早些归家。

②闹排场：指李仁仲升堂办公，是作者打趣的说法。

③勤政堂：泛指为官办公的场所。

④撒（sā）：尽量施展或表现出来。

⑤会：一会儿。

⑥急喉咙：心直口快。

⑦"掇梯儿"句：不要受到怂恿或引诱就上当，断了退路。

⑧"梦魂中"句："邯郸"指的是"邯郸梦""黄粱梦"的典故，意为官场险恶，不要沉迷于梦中的荣华富贵。

⑨鸟倦知还：化用自东晋陶渊明《归去来兮辞》："云无心以出岫，鸟倦飞而知还。"比喻疲倦于官场争斗，归隐田园。

[双调] 水仙子

嘲少年①

纸糊锹轻吉列②枉折尖，肉膘胶③干支刺④有甚粘，醋葫芦嘴古邦⑤佯装欠⑥。接梢儿⑦虽是谄⑧，抱牛腰⑨只怕伤廉⑩。性儿神羊⑪也似善，口儿蜜钵也似甜，火块儿也似情忺⑫。

---

①嘲少年：讽刺一班无赖少年轻薄、俗气的嘴脸。

②轻吉列：也作"轻乞列"，轻飘飘的样子。吉列（乞列），语气助词。元代俗语。

③肉膘胶：用肥肉膘熬成的胶。

④干支刺：又作"干茨腊"，干巴巴的样子。支刺，干枯，形容词词尾。元代俗语。

⑤嘴古邦：噘着嘴的样子。元代俗语。

⑥欠：痴呆、傻。

⑦接梢儿：接话茬儿、搭腔。

⑧谄：奉承、献媚。

⑨抱牛腰：比喻巴结权贵。牛腰，粗大，指财大气粗的人。

⑩ 伤廉：有伤清廉的名声，此为调笑，意为丢脸。

⑪ 神羊：用以祭神的羊，借指驯顺。

⑫ 情忺（xiān）：热情旺盛。

[双调] 水仙子

展转①秋思京门赋

琐窗②风雨古今情，梦绕云山十二层，③香销烛暗人初定④。酒醒时愁未醒，三般儿⑤挨不到天明。巉⑥地罗帏⑦静，森⑧地鸳被冷，忽地心疼。

---

① 展转：即"辗转"，形容心绪不宁无法入眠。

② 琐窗：刻有图案的窗棂。

③"梦绕云山"句：化用自战国楚宋玉《高唐赋序》中楚王与巫山神女梦中在云山相会的典故，意指男女的情思入梦。

④ 人初定：夜晚要入睡的时刻。

⑤ 三般儿：有这样三种情形，指下文中的三句。

⑥ 巉（chán）：险峻、陡峭。

⑦ 罗帏：罗帐，丝质的幕帘。

⑧ 森：阴沉、幽冷。

[双调] 水仙子

寻梅

　　冬前冬后几村庄，溪北溪南两履霜，树头树底孤山^①上。冷风来何处香？忽相逢缟袂绡裳^②。酒醒寒惊梦，^③笛凄春断肠，^④淡月昏黄。^⑤

---

　　① 孤山：指西湖中的孤山，宋代诗人林逋曾隐居于此，养鹤植梅，故梅树极多。

　　② 缟袂绡裳：白绢上衣，薄绸下衫。形容梅花洁白清丽。

　　③ 酒醒寒惊梦：典出《龙城录·赵师雄醉憩梅花下》，隋代士人赵师雄在一冬日傍晚大醉罗浮山，遇一白衣女子，女子芳香素雅，二人对饮谈笑，天明寒风吹酒醒，赵师雄发现自己睡在一株白梅树下。作者借此梅魂典故写自己赏梅如痴如醉。

　　④ 笛凄春断肠：听到凄清的笛声，想到春天梅花落尽，不禁伤感。笛，指笛曲《梅花落》。唐代李白《与史郎中钦听黄鹤楼上吹笛》："黄鹤楼中吹玉笛，江城五月落梅花。"

　　⑤ 淡月昏黄：化用自林逋《山园小梅》："疏影横斜水清浅，暗香浮动月黄昏。"写作者在傍晚寻到梅花，月下梅花温婉，散发着淡淡花香。

[双调] 水仙子

暮春即事

风吹丝雨噀^①窗纱，苔和^②酥泥葬落花，卷云钩月帘初挂。玉钗香径^③滑，燕藏春衔^④向谁家？莺老羞寻伴，蜂寒懒报衙，^⑤啼煞饥鸦。

---

① 噀（xùn）：将水含在口中喷出去，泛指喷射。这里指雨滴击打窗纱。

② 和（huò）：掺和、混合。

③ 玉钗香径：女子踏入花香小路。玉钗，指闺中女子。

④ 燕藏春衔：燕子口中衔泥藏着春色。

⑤ 蜂寒懒报衙：春雨寒冷，蜂儿也不愿早起。蜂早晚聚集，簇拥蜂王，与古时官吏到衙门排班参见表示上工一般。

[双调] 水仙子

为友人作

搅柔肠离恨病^①相兼，重聚首佳期卦怎占？豫章城^②开了座相思店，闷勾肆儿^③逐日添，愁行货^④顿塌^⑤在眉尖。税钱比茶船上欠，^⑥斤两去等秤上掂，^⑦吃紧的历册般拘钤。⑧

---

①病：指相思病。

②豫章城：位于今江西南昌。流传的双渐、苏小卿爱情故事中，双渐曾苦苦追寻苏小卿至此。此处指作者友人求爱之苦。

③勾肆儿：勾栏瓦肆。

④行货：货品。

⑤顿塌：积聚、囤积。

⑥"税钱"句：言思念之情有如税钱相积，能收满整个茶盘。茶船，茶托、茶盘。

⑦"斤两"句：言思念的轻重要在等秤上掂量。等秤，戥（děng）子和秤，常用以衡量金银或药材等，能够称出极轻微的重量。

⑧"吃紧的"句：言能相见的日子犹如商人账本上的结账日一样少。历册，商人的账簿。拘钤（qián），拘束、管束。

[双调] 水仙子

怨风情

眼前花怎得接连枝①？眉上锁②新教配钥匙，描笔儿勾销了伤春事。闷葫芦③铰断线儿④，锦鸳鸯⑤别⑥对了个雄雌。野蜂儿难寻觅，⑦蝎虎儿干害死，⑧蚕蛹儿毕罢了相思。⑨

① 连枝：连理枝之略。

② 眉上锁：比喻双眉紧皱的样子像锁一般难以解开。

③ 闷葫芦：不说话，俗语。一说纳闷儿。

④ 铰断线儿：断绝了联系。

⑤ 锦鸳鸯：比喻佳偶，这里指女子思恋的男子。

⑥ 别：另外。

⑦ "野蜂儿"句：男子像野蜂一样到处采花，令女子不得寻。

⑧ "蝎虎儿"句：女子白白地为对方守贞。蝎虎儿，即壁虎，晋代张华《博物志·戏术》记载，将壁虎用朱砂喂养，再将其捣成粉末点在女子身上，谓之守宫砂，故贞洁有守宫砂在。

⑨ "蚕蛹儿"句：女子不再相思。蚕蛹儿，蚕结蛹后便不再吐丝，借指女子断绝相思，以绝望自缚。

［双调］水仙子

咏雪

冷无香①柳絮扑将来，冻成片梨花拂不开。大灰泥②漫了三千界③，银棱了东大海，④探梅的心禁难挨。面瓮儿里袁安⑤舍，盐罐儿里党尉宅⑥，粉缸儿里舞榭歌台。⑦

①"冷无香"句：言雪既像没有香味的梅花，又像飘飞的柳絮。

②大灰泥：石灰泥。比喻白雪。

③三千界：佛教用语"三千大千世界"的简称，形容广阔的世界。

④银棱了东大海：指东海冻得像一块大冰凌。

⑤袁安：东汉名士。大雪中，洛阳县令出巡，见大雪封其门，以为袁安已死，除雪进门，发现他僵卧在床。

⑥党尉：宋代太尉党进。遇大雪天，宅门被封，他便在家中饮酒唱曲。

⑦面瓮儿、盐罐儿、粉缸儿：皆指雪天。

[双调] 水仙子

嘲楚仪 ①

顺毛儿扑撒 ② 翠鸾雏 ③，暖水儿温存比目鱼 ④，碎砖儿垒就阳台路。 ⑤ 望朝云思暮雨，楚巫娥偷取些功夫。殢酒人 ⑥ 归未，停歌月上初，今夜何如？

---

①楚仪：似是一名妓。乔吉曾为其作多首曲子词。

②扑撒：抚摸、轻拍。表示亲昵。

③翠鸾雏：幼小的青鸾。指楚仪。

④比目鱼：《尔雅·释地篇》云："东方有比目鱼焉，不比不行，其名谓之鲽。"相传二比目鱼比肩才能游动，以此比喻男女形影不离。

⑤ "碎砖儿"句：意为不坚固。阳台路，出自战国楚宋玉《高唐赋序》，是为楚王与巫山神女云雨之所。

⑥ 殢（tì）酒人：沉溺于酒的那个人，指楚仪倾心之人。

[双调] 水仙子

乐清箫台^①

枕苍龙云卧^②品清箫，跨白鹿春酣醉碧桃，^③唤青猿夜拆烧丹灶。二千年琼树老，飞来海上仙鹤。纱巾岸^④天风细，玉笙吹山月高，谁识王乔^⑤？

① 乐清箫台：乐清，今浙江县名，古称乐成。相传春秋时周灵王太子晋乘仙鹤到箫台山吹箫，故而得名。"乐"指音乐，"成"指乐章。箫台，即箫台山上的箫台。元朝时，"乐成八景"已经形成，箫台明月即为其一。

② 云卧：在云中卧躺，指归隐。

③ "跨白鹿"句：《艺文类聚》引《濑乡记》："老子乘白鹿，下托于王母也。"《太平御览》引《关令尹喜内传》："喜从老子游，省太真王母，共食碧桃。"乘白鹿、食碧桃两个典故表达仙人悠闲生活，借言醉后飘飘欲仙的情形。

④ 纱巾岸：推高头巾，露出前额。

⑤ 王乔：仙人王子乔，到箫台山吹箫的周朝公子，闻其喜吹笙，后成仙。

[双调] 折桂令

寄远 ①

其一

怎生来 ② 宽掩了裙儿 ③？为 ④ 玉削肌肤，香褪 ⑤ 腰肢。饭不沾匙，睡如翻饼，气若游丝。得受用遮莫害死，⑥ 果诚实 ⑦ 有甚推辞？干闹了多时，⑧ 本是结发的欢娱，倒做了彻骨儿相思。

---

① 寄远：此处按《全元散曲》，将此二首皆归于"寄远"题下。《乐府群玉》《乐府群珠》题其一为"春怨"，《雍熙乐府》题其一为"相思"。其二见篇后附录。

② 怎生来：怎么。

③ 宽掩了裙儿：指身体消瘦，裙更显宽，表示相思之深。

④ 为：是因为。此处似是设问的答句。

⑤ 褪：缩细。

⑥ "得受用"句：如果能够生活在一起，任凭死也不惧。得受用，得到情感的满足。遮莫，也作"遮末"，即使、任凭。

⑦ 果诚实：如果真是这样。

⑧ 干闹了多时：白白夫妻一场。

〔双调〕折桂令

寄远

其二

云雨期一枕南柯，破镜分钗，对酒当歌。想驿路风烟，马头星月，雁底关河。往日个殷勤访我，近新来憔悴因他。淡却双蛾，哭损秋波。台候如何，忘了人呵。

〔双调〕折桂令

赠罗真真 ①

罗浮梦里真仙，② 双锁螺鬟，九晕珠钿。③ 晴柳纤柔，春葱细腻，秋藕匀圆。④ 酒盏儿里央及 ⑤ 出些腼腆，画帧儿 ⑥ 上唤下来的婵娟。⑦ 试问尊前，月落参横，⑧ 今夕何年？⑨

---

① 罗真真：应为一名歌伎。

② "罗浮"句：典出《龙城录·赵师雄醉憩梅花下》。这里将罗真真比作梅花仙子。

③ 九晕珠钿：形容珠宝首饰光芒四射，令人晕眩。

④ "晴柳"三句：将罗真真纤细的身材比作柳条，手指比作葱白，胳膊比作嫩藕，喻其之美。

⑤ 央及：连带着。

⑥ 画帧儿：画卷。

⑦ 婵娟：美女。

⑧ 月落参横：参，二十八星宿之一。参星横在一边，月亮落下，表示天将亮。

⑨ 今夕何年：化用自宋代苏轼《水调歌头》："不知天上宫阙，今夕是何年。"将罗真真比作天仙，故而问其天上事。

[双调] 折桂令

七夕赠歌者

其一

崔徽①休写丹青，雨弱云娇，水秀山明。箸点歌唇，②葱枝纤手，好个卿卿③。水洒不着春妆整整，风吹的倒玉立亭亭。浅醉微醒，谁伴云屏④？今夜新凉，卧看双星⑤。

其二

黄四娘⑥沽酒当垆⑦，一片青旗，一曲骊珠⑧。滴露和云，添花补柳，梳洗工夫。无半点闲愁去处，问三生醉梦何如？笑倩⑨谁扶，又被春纤⑩，搅住吟须。⑪

① 崔徽：唐代著名歌伎，曾请人画像寄与心上人。后代文人多以崔徽指多情的歌女。

② 箸点歌唇：指歌女的嘴唇小巧，似用箸头点就。箸，筷子。

③ 卿卿：始为夫妻间爱称，也指相爱的男女十分亲昵的称呼。

④ 云屏：有云形彩绘的屏风。此句形容无人相伴。

⑤ 双星：指七夕夜的牛郎星和织女星。

⑥ 黄四娘：唐代著名歌妓，杜甫《江畔独步寻花七绝句》云："黄四娘家花满蹊，千朵万朵压枝低。"此处指作者笔下的"歌者"。

⑦ 沽酒当垆（lú）：古时酒家垒土为台，安放酒瓮，卖酒人坐在一边，就叫当垆。此处用典，卓文君与司马相如私奔后无以为生，也曾当垆卖酒。

⑧ 骊珠：传说取自骊龙颌下的珍珠。此句比喻歌声婉转动人。

⑨ 倩：请。

⑩ 春纤：女子细长的手指。此句意为被歌女牵着手。

⑪ 揽住吟须：指歌女用手挽住胡须，很亲昵的样子。

[双调] 折桂令

雨窗寄刘梦鸾 ① 赴宴以侑樽 ② 云 ③

妒韶华 ④ 风雨潇潇，管 ⑤ 月犯南箕 ⑥，水漏天瓢。湿金缕莺裳，红膏燕嘴，黄粉蜂腰。梨华梦龙绡泪 ⑦ 今春瘦了，海棠魂羯鼓声 ⑧ 昨夜惊着。极目江皋 ⑨，锦涩行云，香暗归潮。⑩

---

① 刘梦鸾：应是一位名妓。

② 侑樽：劝酒、陪侍。

③ 云：语助词。

④ 韶华：美好的时光。指想象中的宴饮之夜。

⑤ 管：管他、管什么。

⑥ 月犯南箕：起风。传说月亮遇到箕星天易起风。犯，遭遇。

⑦ 龙绡泪：形容雨极大。龙绡，即鲛绡。

⑧ 羯（jié）鼓声：相传唐玄宗喜敲羯鼓，一次春雨数日，天刚放晴，玄宗敲羯鼓而花开。羯鼓，古代的一种鼓，鼓腰较细，据说起源于羯族。

⑨ 江皋：江边。

⑩ "锦涩行云"两句：重重云雨阻塞归路，美人的芳香也被冲淡了。

[双调] 折桂令

丙子游越怀古 ①

蓬莱老树苍云，② 禾黍③ 高低，狐兔纷纭④。半折残碑，空余故址，总是黄尘。东晋亡也、再难寻个右军⑤，西施去也、绝不见甚佳人。海气长昏，⑥ 啼鴂⑦ 声干，天地无春。

① 丙子游越怀古：元代（后）至元二年（1336）为丙子年，上一个丙子年是六十年前（1276），正是元军攻破临安城（今杭州）灭宋之时。乔吉之怀古是在凭吊故国。越，今浙江一带。

② "蓬莱"句：言临安城原先就像蓬莱仙岛一般，现在却只有老树和乌云，一片荒废。

③ 禾黍：典出《诗经·王风·黍离序》："《黍离》，闵宗周也。周大夫行役至於宗周，过故宗庙宫室，尽为禾黍。闵宗周之颠覆，彷徨不忍去而作是诗也。"形容临安的宫殿已经变成田地，一片萧条。

④ 纷纭：多而杂乱。

⑤ 右军：指晋代王羲之，因其官至右军将军，故称。

⑥ 海气长昏：海上云气密布，昏暗不见天日。

⑦ 鴂（jué）：伯劳鸟。传说周宣王时一位贤臣错杀前妻的儿子伯奇，后途见一鸟对其哀鸣，便呼之"伯奇劳乎"，此鸟便与其同去，即为伯劳鸟。又一说为杜鹃鸟，传说为蜀国君主望帝所化，啼声悲切，至于啼血。

[双调] 殿前欢

登江山第一楼 ①

拍阑干， ② 雾花吹鬓海风寒，浩歌惊得浮云散。细数青山，指蓬莱一望间。纱巾岸，鹤背骑来惯。③举头长啸，直上天坛④。

---

① 江山第一楼：即位于今江苏镇江北固山甘露寺内的多景楼，宋代书法家米芾赞其为江山第一楼。

② 拍阑干：化用自宋代辛弃疾《水龙吟·登建康赏心亭》："把吴钩看了，栏杆拍遍，无人会，登临意。"形容登楼观景的豪情。

③ 鹤背骑来惯：直译为习惯了驾鹤而行。典出南朝梁任昉《述异记》中荀瑰在黄鹤楼驾鹤而游的传说。形容作者在高楼上观景时开阔如升仙的心境。

④ 天坛：指上天。

[双调] 清江引

笑靥儿①

其一

盈盈娿瘓②娇艳满，偏称③灯前玩。歌喉夜正阑，酒力春将半，喜入脸窝红玉暖。④

其三

凤酥⑤不将腮斗儿匀，巧倩⑥含娇俊。红镌玉有痕，暖嵌花生晕，⑦旋窝儿⑧粉香都是春。

① 笑靥（yè）儿：微笑时颊部露出来的酒窝。乔吉以"笑靥儿"为题，作《双调·清江引》共四首，此处为其一、其三，其二、其四见篇后附录。

② 娎瘢（qiànbān）：漂亮的斑点，此处指酒窝。

③ 称（chèn）：适合。

④ "喜入脸窝"句：指饮酒后女子脸上带笑，脸颊酒窝像暖润的红玉一般。

⑤ 凤酥：即凤膏，泛指化妆品。

⑥ 巧倩：形容女子迷人的笑容。出自《诗经·卫风·硕人》："巧笑倩兮，美目盼兮。"

⑦ "红镌"两句：红粉擦在颊边笑窝，在玉般的皮肤上显出痕迹，笑脸如花，生出红晕。

⑧ 旋窝儿：指酒窝。

〔双调〕清江引

笑靥儿

其二

破花颜粉窝儿深更小，助喜洽添容貌。生成脸上娇，点出腮边俏，休著翠钿遮罩了。

其四

一团可人衙是娇，妆点如花貌。抬叠起脸上愁，出落腮边俏，千金这窝儿里消费了。

[双调] 卖花声^①

悟世

肝肠百炼炉间铁，^②富贵三更枕上蝶，^③功名两字酒中蛇。^④尖风薄雪，残杯冷炙，掩清灯^⑤竹篱茅舍。

① 卖花声：曲牌名，又名"升平乐""秋云冷""秋云冷孩儿"。

② "肝肠百炼"句：化用自晋代刘琨《重赠卢谌》："何意百炼钢，化为绕指柔。"言人需经历千锤百炼，意志才能如钢铁般坚强。

③ "富贵三更"句：运用庄周梦蝶典故，言富贵荣华像梦一般虚无缥缈。

④ "功名两字"句：运用杯弓蛇影典故，言功名利禄像杯中蛇影一样不可捉摸。

⑤ 清灯：即青灯，油灯。

[中吕] 朝天子①

小娃琵琶

暖烘，醉容，逼匝②的芳心动。雏莺声③在小帘栊，唤醒花前梦④。指甲纤柔，眉儿轻纵，和相思曲未终。玉葱⑤，翠峰⑥，娇怯琵琶重。

---

① 朝天子：曲牌名，又名"谒天子""朝天曲"。

② 逼匝（zā）：逼迫。

③ 雏莺声：形容雏妓的声音像莺歌般婉转。

④ 花前梦：男女花前月下幽会之梦。

⑤ 玉葱：形容女子纤细的手指如葱白。

⑥ 翠峰：形容女子黑挑的眉毛如峰峦。

[中吕] 山坡羊

寓兴

鹏抟九万，腰缠十万，扬州鹤背骑来惯。①事间关②，景阑珊，黄金不富英雄汉。一片世情天地间。白，也是眼；青，也是眼。③

①"鹏抟九万"三句：典出南朝梁人殷芸《殷芸小说·卷六·吴蜀人》："有客相从，各言所志，或愿为扬州刺史，或愿多赀财，或愿骑鹤上升。其一人曰：'腰缠十万贯，骑鹤上扬州。'欲兼三者。"意思就是世间人有志向万千。抟，凭借。

②间（jiàn）关：艰难险阻。

③"白，也是眼"两句：《晋书·阮籍传》："籍又能为青白眼。见礼俗之士，以白眼对之。"表示世态炎凉，遭青眼或白眼对待都要淡然处之。

[中吕]山坡羊

冬日写怀①

其一

离家一月，闲居客舍，孟尝君②不费黄齑社③。世情别，故④交绝，床头金尽谁行借。今日又逢冬至节⑤。酒，何处赊？梅，何处折？

其二

朝三暮四，昨非今是，痴儿不解荣枯事⑥。攒家私，宠花枝，⑦黄金壮起荒淫志。千百锭买张招状纸⑧。身，已至此；心，犹未死。

其三

冬寒前后，雪晴时候，谁人相伴梅花瘦？钓鳌舟 [9]，缆汀洲 [10]，绿蓑不耐风霜透。投至 [11] 有鱼来上钩。风，吹破头；霜，皴 [12] 破手。

---

① 冬日写怀：乔吉以此题作《中吕·山坡羊》共三首。

② 孟尝君：战国时期齐国贵族，战国四君子之一，以礼贤下士闻名于世，门下有食客数千。

③ 黄齑社：言孟尝君供养食客。黄齑，咸腌菜。

④ 故：故人、故友。

⑤ 冬至节：二十四节气之一。古人认为自冬至起，白昼一天比一天长，阳气回升，是大吉之日。

⑥ 荣枯事：世事的繁盛与衰败。

⑦ 宠花枝：指好女色。

⑧ 招状纸：指记录犯人罪行的文书。

⑨ 钓鳌舟：钓鳌客之舟。典出《列子·汤问》，比喻有豪放的胸襟和远大的抱负。

⑩ 缆汀洲：将船系在水边。

⑪ 投至：等到。

⑫ 皴（cūn）：皮肤因受冻或受风吹而干裂。

元曲三百首

一四七

[越调] 小桃红

绍兴于侯索赋①

昼长无事簿书闲，未午衙先散。一郡居民二十万，报平安，秋粮夏税咄嗟②儿办。执花纹象简③，凭琴堂书案，日日看青山。

---

① 索赋：指示为应酬之作。

② 咄嗟（duōjiē）：霎时，形容于侯办事速度很快。

③ 象简：象牙做的笏简。比喻做官掌权。

[越调] 小桃红

晓妆

绀云分翠拢香丝，①玉线界宫鸦翅。②露冷蔷薇晓初试，淡匀脂，金篦③腻点兰烟④纸。含娇意思，殢⑤人须是，亲手画眉儿。

---

①"绀云"句：言女子梳头时将深青色的秀发分拢开来。绀，深青色。

②"玉线"句：将头发盘在两边，呈鸦翅状，中间分明界限。

③金篦：指金制的梳头用具，或指女子头上金色的饰物。

④兰烟：芳香的烟气。

⑤殢：纠缠、嗔怪。言小女子撒娇。

［越调］凭阑人

金陵道中

瘦马驮诗①天一涯，倦鸟②呼愁村数家。扑头飞柳花，与人添鬓华③。

①瘦马驮诗：典出唐代李商隐《李长吉小传》，言李贺常骑一驴，背一锦囊，将所见记载后随手装入囊中。这里作者以此自比，表达个人的诗才。同时以瘦马点出其贫困潦倒的境况。

②倦鸟：典出晋代陶渊明《归去来兮辞》："云无心以出岫，鸟倦飞而知还。"表达作者疲于羁旅，思念家乡。

③鬓华：两鬓已有白发。

[越调] 天净沙

即事 ①

其四

莺莺燕燕春春，花花柳柳真真②，事事风风韵韵。娇娇嫩嫩，停停当当③人人。

---

①即事：就眼前之事写作。乔吉以"即事"为题，创作《越调·天净沙》共四首，此为其四，余见篇后附录。

②真真：指美女。传说唐代进士赵颜得到一幅美人图，画上美人名真真，为神女南岳仙子，只要呼其名，一百天就会复活。后以"真真"代指美女。

③停停当当：指打扮得妥帖自然，恰到好处。

[越调] 天净沙

即事

其一

笔尖扫尽痴云，歌声唤醒芳春，花担安排酒樽。海棠风信，明朝陌上吹尘。

其二

一从鞍马西东，几番衾枕朦胧，薄幸虽来梦中。争如无梦，那时真个相逢。

其三

隔窗谁爱听琴？倚帘人是知音，一句话当时至今。今番推甚，酬劳凤枕鸳衾。

周文质

[双调] 落梅风

鸾凰配，莺燕约，① 感萧娘② 肯怜才貌。除琴剑③ 又别无珍共宝，只一片至诚心要也不要？

---

① "鸾凰配"两句：比喻男女相配，有爱情盟约。

② 萧娘：汉唐以后对女子的泛称。

③ 琴剑：古琴、宝剑，为古时士人随身之物。

[双调] 落梅风

楼台小，风味① 佳，动新愁雨初风乍②。知不知对春思念他，倚阑干海棠花下。

---

① 风味：风格、特征与趣味。

② 乍：刚刚、起初。

[正宫] 叨叨令 ①

自叹

其一

筑墙的曾入高宗梦，②钓鱼的也应飞熊梦，③受贫的是个凄凉梦，做官的是个荣华梦。笑煞人也末哥④，笑煞人也末哥，梦中又说人间梦。⑤

其二

去年今日题诗处，佳人才子相逢处。世间多少伤心处，人面⑥不知归何处。望不见也末哥，望不见也末哥，绿窗⑦空对花深处。

---

① 叨叨令：曲牌名。周文质以"自叹"为题，作《正宫·叨叨令》两首。

②"筑墙的"句：典出《史记·殷本纪》，传说傅说在傅岩（今山西平陆）筑墙，后来他被商武王（高宗）起用为相。

③"钓鱼的"句：典出《史记·齐太公世家》，姜太公在渭水垂钓，与周文王相遇，由此出仕。飞熊，姜太公道号。

④ 也末哥：又作"也么哥"，语尾助词，无意义。五六句的"也末哥"是"叨叨令"曲牌的定格。

⑤"梦中"句：化用自《庄子·齐物论》中的"梦之中又占其

梦焉"。

　　⑥人面：指美人。唐代崔护《题都城南庄》："去年今日此门中，人面桃花相映红。"

　　⑦绿窗：指闺阁的窗户。

赵善庆

[双调] 沉醉东风

秋日湘阴道中

山对面蓝①堆翠岫②，草齐腰绿染沙洲。傲霜橘柚青，濯③雨蒹葭④秀。隔沧波隐隐江楼。点破潇湘⑤万顷秋，是几叶儿传黄⑥败柳。

---

① 蓝：蓼蓝，一种可制作染料的草。指青蓝色。

② 岫（xiù）：山。

③ 濯（zhuó）：冲洗。

④ 蒹葭（jiānjiā）：芦苇。

⑤ 潇湘：潇水、湘水，湖南的两条大江。此处指洞庭湖一带。

⑥ 传黄：即转黄。

[双调] 水仙子

客乡秋夜

梧桐一叶弄秋晴，砧杵①千家捣月明，关山万里增归兴。隔嵯峨白帝城^②，挨长宵何处销凝^③？寒灯一檠^④，孤雁数声，断梦三更。

---

① 砧杵（zhēnchǔ）：又作"碪杵"。捣衣石和棒槌，也指捣衣。汉乐府《子夜四时歌·秋歌第一》："风清觉时凉，明月天色高。佳人理寒服，万结砧杵劳。"常以捣寒衣来表达征人思乡的情感。

② 白帝城：位于今四川奉节东白帝山。东汉公孙述曾在此筑城，自称"白帝"，故该城也以此为名。

③ 销凝：销魂凝神，指消磨时间。

④ 檠（qíng）：灯架、烛台。

[中吕]山坡羊

长安怀古

骊山^①横岫，渭河^②环秀，山河百二^③还如旧。狐兔悲，草木秋。秦宫^④隋苑^⑤徒遗臭，唐阙汉陵^⑥何处有？山，空自愁；河，空自流。

---

① 骊山：位于陕西临潼，因远远望去像一匹苍黛色的骏马而得名。

② 渭河：古称渭水，南北均有高山。

③ 山河百二：比喻山河险固之地。

④ 秦宫：秦始皇的离宫。

⑤ 隋苑：隋炀帝的上林苑。

⑥ 唐阙汉陵：唐代的宫殿和汉代的陵寝。将兴盛朝代的建筑与前句短命朝廷的宫殿作对比，以古讽今，言当下政治昏暗。

张可久

[双调] 水仙子

次韵

蝇头①《老子》五千言②，鹤背扬州十万钱，③白云两袖吟魂健④。赋庄生《秋水》篇⑤，布袍宽⑥风月无边。名不上琼林殿⑦，梦不到金谷园⑧，海上神仙。

---

① 蝇头：指蝇头小楷。

② 五千言：指《老子》共五千余字，短小但思想深邃。

③ "鹤背"句：典出南朝梁人殷芸《殷芸小说·卷六·吴蜀人》："腰缠十万贯，骑鹤上扬州。"意思是既要富贵，又要升仙。此处指闲云野鹤的闲适生活。

④ 吟魂健：指诗意浓。

⑤《秋水》篇：即《庄子·外篇·秋水》。意思是推崇老庄思想。

⑥ 布袍宽：身为布衣，胸襟宽广。

⑦ 琼林殿：即琼林苑，位于今河南开封，是宋代皇帝宴请新科进士的地方。

⑧ 金谷园：位于今河南洛阳，晋代富豪石崇的林苑。

[双调] 水仙子

山斋小集

玉笙吹老碧桃花，石鼎烹来紫笋芽，山斋看了黄筌①画。荼蘼香满把，自然不尚奢华。醉李白名千载，富陶朱②能几家？贫不了诗酒生涯。

---

① 黄筌：五代时期著名画家。

② 陶朱：指春秋越国大夫范蠡。他辅佐勾践灭吴后，泛舟江湖，改名经商，成为富豪，世称陶朱公。

[双调] 水仙子

乐闲

铁衣披雪紫金关①，彩笔题花白玉阑，②渔舟棹月③黄芦岸。几般儿君试拣，④立功名只不如闲。李翰林⑤身何在？许将军⑥血未干，播高风千古严滩⑦。

---

① 紫金关：宋代名为金坡关，元代改为紫荆关。位于今河北易县。此指边防要塞。

② "彩笔题花"句：指唐代李白在长安叫供奉翰林时所写《清

平调》三首中，以"云想衣裳花想容"喻杨贵妃，写"沉香亭北倚阑干"喻唐玄宗。

③棹月：在映着月亮的水面划动船桨。

④"几般儿"句：指上三句中写的武将边塞立功、文臣供奉翰林、渔夫垂钓江上三种人生。

⑤李翰林：指李白。

⑥许将军：指唐玄宗时睢阳（今河南商丘）太守许远，安史之乱时，他与张巡守城数月，城破不屈而死。

⑦严滩：又名七里滩、子陵滩等，位于今浙江桐庐。相传为东汉著名隐士严光拒绝汉武帝征召而隐居之所。

［双调］水仙子

归兴

淡文章①不到紫薇郎②，小根脚③难登白玉堂④，远功名却怕黄茅瘴⑤。老来也思故乡，想途中梦感魂伤。云莽莽冯公岭⑥，浪淘淘扬子江，水远山长。

①淡文章：平淡浅薄的文章。

②紫薇郎：唐代对中书郎的别称，在此泛指文职高官。

③小根脚：根底浅，即出身平凡。

④白玉堂：即玉堂，翰林院的别称。

⑤黄茅瘴：在偏远荒僻地区会生出的瘴气，指代两广云贵等偏远湿热地区。

⑥冯公岭：地名，不确定其位置，应在长江岸边。

[双调] 折桂令

九日

对青山强整乌纱①，归雁横秋，倦客思家。翠袖殷勤，②金杯错落，玉手琵琶。人老去西风白发，蝶愁来明日黄花。③回首天涯，一抹斜阳，数点寒鸦。④

①强整乌纱：勉强扶正乌纱帽，指努力做官。乌纱，指古代官员所戴的乌纱帽。泛指官帽。

②翠袖殷勤：指有美女侍酒。化用自宋代晏几道《鹧鸪天》："彩袖殷勤捧玉钟。"

③"蝶愁来"句：典出宋代苏轼《南乡子·重九涵辉楼呈徐君猷》："万事到头都是梦，休休。明日黄花蝶也愁。"重阳节过后，菊花凋落，指人至暮年已无立功业之意。

④"一抹斜阳"两句：化用自宋代秦观《满庭芳》："斜阳外，寒鸦万点，流水绕孤村。"写出秋色凄凉。

[双调] 折桂令

次酸斋韵 ①

倚阑干不尽兴亡，数九点齐州 ②，八景湘江。吊古词香，招仙笛响，引兴 ③ 杯长。远树烟云渺茫，空山雪月苍凉。白鹤双双，剑客昂昂，锦语琅琅。

---

① 次酸斋韵：此首《双调·折桂令》是和贯云石（号酸斋）的韵而作。

② 九点齐州：齐州，即中州，指中国。古时中国分为冀、豫、雍、扬、兖、徐、梁、青、荆九州。化用自唐代李贺《梦天》："遥望齐州九点烟，一泓海水杯中泻。"

③ 引兴：借酒引发兴致。

[双调] 清江引

春思

黄莺乱啼门外柳 ①，雨细清明后。能消 ② 几日春，又是相思瘦。梨花小窗人病酒 ③。

---

① 门外柳：暗指离别。古人有折柳送别的习俗。

② 能消：能禁受。

③ 病酒：因醉酒而不适。

[双调] 清江引

春晚

平安信来刚半纸，几对鸳鸯字①。花开望远行，玉减伤春事。②东风草堂飞燕子③。

① 鸳鸯字：祝福的文字。

② 玉减伤春事：因为感伤春日逝去而玉体消减。

③ 飞燕子：燕子在春天东风吹来时向南去，大雁则是向北飞；秋天寒风起时，燕子向北去，大雁则向南飞。故古人有"燕雁代飞"的说法。这里比喻男女不能相见。

[双调] 沉醉东风

秋夜旅思

二十五点秋更鼓声，①千三百里水馆邮程。青山去路长，红树西风冷。百年人②半纸虚名。得似璩源阁③上僧，午睡足梅窗日影。

① "二十五点"句：旧时不仅以"更"作为夜间计时的单位，也以"更"作为计算水路里程的单位。每一更约为水程六十里。

② 百年人：人的一生。

③ 瓈（qú）源阁：应是指浙江雁荡山的瓈源僧寺。

[双调] 庆东原

次马致远先辈韵①

其五

诗情放，剑气豪，英雄不把穷通②较。江中斩蛟，③云间射雕，④席上挥毫。他得志笑闲人⑤，他失脚闲人笑。

① 次马致远先辈韵：看似和曲，实际是为歌颂前辈马致远。张可久以此题作《双调·庆东原》共九首，此为其五，余见篇后附录。

② 穷通：困厄与显达。

③ 江中斩蛟：典出南北朝刘义庆《世说新语》，传说晋代周处年轻时为改过自新，曾入江中斩蛟，为民除害。此处指英雄之举。

④ 云间射雕：典出《北史》，言北齐斛律光箭法惊人，曾射中雕的脖颈。

⑤ 闲人：指普通人。

〔双调〕庆东原

次马致远先辈韵

其一

烧丹灶，洗药瓢，乐清闲几个人知道。闲吹凤箫，闷拈兔毫，焉用牛刀？他得志笑闲人，他失脚闲人笑。

其二

门长闭，客任敲，山童不唤陈抟觉。袖中《六韬》，鬓边二毛，家里箪瓢。他得志笑闲人，他失脚闲人笑。

其三

杀三士，因二桃，不如五柳庄前傲。文魔贾岛，诗穷孟郊，酒困山涛。他得志笑闲人，他失脚闲人笑。

其四

繁华梦，贫贱交，唐尧不改巢由调。纷纷紫袍，区区绿袍，恋恋绨袍。他得志笑闲人，他失脚闲人笑。

其六

难开眼，懒折腰，白云不应蒲轮召。解组汉朝，寻诗灞桥，策杖临皋。他得志笑闲人，他失脚闲人笑。

其七

依山洞，结把茅，清风两袖长舒啸。问江边老樵，访山中故交，伴云外孤鹤。他得志笑闲人，他失脚闲人笑。

其八

苍头哨，骢马骄，放辔头也只到长安道。说家门尽教，守斋盐慢熬，请荆布休焦。他得志笑闲人，他失脚闲人笑。

其九

山容瘦，木叶凋，对西窗尽是诗材料。苍烟树杪，残雪柳条，红日花梢。他得志笑闲人，他失脚闲人笑。

［双调］落梅风

春晚①

其二

东风景，西子湖，②湿冥冥③柳烟花雾。黄莺乱啼胡蝶舞，几秋千打将春去④。

---

① 春晚：张可久以此题作《双调·落梅风》共两首，此为其二，其一见篇后附录。

② 西子湖：即杭州西湖，古人常以美女西施（西子）比喻西湖之美，故名。

③ 冥冥：不明亮的样子。

④ 打将春去：把春天赶跑。将，语气助词。

［双调］落梅风

春晚

其一

银钲暗，翠袖遮，麝煤销露萤明灭。下西湖美人怃过也，打梨花雨声昨夜。

[双调] 庆宣和

毛氏池亭

云影天光乍有无①，老树扶疏②。万柄高荷小西湖。听雨，听雨。

---

① 乍有无：时隐时现。
② 扶疏：树木枝叶茂盛，高低疏密有致。

[双调] 殿前欢

次酸斋韵①二首

其一

钓鱼台，②十年不上野鸥猜。白云来往青山在，对酒开怀。欠伊周③济世才，犯刘阮④贪杯戒，还李杜⑤吟诗债。酸斋笑我，我笑酸斋。

其二

唤归来，西湖山上野猿哀。二十年多少风流怪⑥，花落花开。望云霄拜将台⑦，袖星斗⑧安邦策，破烟月迷魂寨⑨。酸斋笑我，我笑酸斋。

①次酸斋韵：此二首《双调·殿前欢》应是和贯云石《双调·殿前欢·畅幽哉》一首所写。

②钓鱼台：东汉严子陵隐居的七里滩钓台，位于今浙江富春江上游。此处指严子陵。刘秀建立东汉，曾多次派人请严子陵去做官，他却沉迷于山水风光，不愿做官。

③伊周：伊尹和周公。伊尹是商朝开国名臣；周公姓姬名旦，是周朝的辅佐大臣。

④刘阮：刘伶和阮咸。二者皆为晋代爱酒名士。

⑤李杜：李白和杜甫。

⑥风流怪：指风流俊杰。

⑦拜将台：指东汉显宗时代二十八位中兴名将的图像被绘于云台之事。

⑧袖星斗：袖藏满天繁星。这句是说，怀有许多安邦兴国的妙策，喻指辅国大臣。

⑨迷魂寨：令人迷失本性、不辨方向的营寨。

[双调] 殿前欢

客中①

其一

望长安，前程渺渺鬓斑斑。南来北往随征雁，行路艰难。青泥小剑关，②红叶溢江③岸，白草④连云栈⑤。功名半纸，风雪千山。

---

① 客中：张可久以"客中"为题作《双调·殿前欢》共两首，此为其一，其二见篇后附录。

② 青泥小剑关：指陕甘入川的要隘青泥岭和剑门关。

③ 溢江：又名溢水、溢浦，今名龙开河，位于江西九江。发源于瑞昌清溢山，汇庐山下流水，经溢浦口注入长江。

④ 白草：北方的一种草名，为优良牧草。

⑤ 连云栈：位于今陕西汉中，为古时川陕通道。

〔双调〕殿前欢

客中

其二

锦缠头，粉筝低按舞凉州。佳人一去春残后，香冷云兜。晴山翠黛愁，绿水罗裙皱，细柳宫腰瘦。梨花暮雨，燕子空楼。

[双调] 殿前欢

离思①

其二

月笼沙，②十年心事付琵琶。相思懒看帏屏画，人在天涯。春残豆蔻花，③情寄鸳鸯帕，香冷荼蘼架。④旧游台榭，晓梦窗纱。

---

① 离思：张可久以"离思"为题作《双调·殿前欢》共两首，此为其二，其一见篇后附录。

② 月笼沙：化用自唐代杜牧《泊秦淮》："烟笼寒水月笼沙，夜泊秦淮近酒家。商女不知亡国恨，隔江犹唱后庭花。"指曲中主人公为歌女。

③ 春残豆蔻花：豆蔻，多年生常绿草本植物，形似芭蕉，在夏初开花。杜牧《赠别》："娉娉袅袅十三余，豆蔻梢头二月初。"此后以豆蔻代指十三四岁的女子。此句为感叹青春流逝。

④ "香冷"一句：此时春花凋落，只有荼蘼开花，故显得清冷。

〔双调〕殿前欢

离思

其一

夜啼乌，柳枝和月翠扶疏，绣鞋香染莓苔露。骚首踟蹰，灯残瘦影孤。花落流年度，春去佳期误。离鸾有恨，过雁无书。

〔中吕〕朝天子

山中杂书①

其三

醉余，草书，李愿盘谷序。②青山一片范宽图③，怪我来何暮。鹤骨清癯，④蜗壳蘧庐⑤，得安闲心自足。蹇驴⑥，酒壶，风雪梅花路。

---

① 山中杂书：张可久以此为题作《中吕·朝天子》共三首，此为其三，其一、其二见篇后附录。

② 李愿盘谷序：指唐代韩愈《送李愿归盘谷序》，该文中有诸多语句赞美山水。

③范宽图：宋代画家范宽，善于描绘山水。此处以范宽画作形容山水之美。

④鹤骨清癯（qú）：言像鹤一样嶙峋清瘦。

⑤蘧（qú）庐：古代驿站中供人休息的房子。

⑥蹇（jiǎn）驴：跛蹇驽弱的驴子。唐代孟浩然、贾岛、李贺等都有骑驴寻梅的典故。

〔中吕〕朝天子

山中杂书

其一

罢手，去休，已落在渊明后。百年心事付沙鸥，更谁是忘机友。洞口渔舟，桥边村酒，这清闲何处有？树头，锦鸠，花外啼春昼。

其二

夜长，未央，盼杀鸡三唱。东华听漏满靴霜，却笑渊明强。月朗禅床，风清鹤帐，梦不到名利场。草堂，暗香，春已到梅梢上。

〔中吕〕朝天子

湖上 ①

瘿杯 ②，玉醅 ③，梦冷芦花被 ④。风清月白总相宜，乐在其中矣！⑤ 寿过颜回 ⑥，饱似伯夷 ⑦，闲如越范蠡。问谁？是非？且向西湖醉。

---

① 湖上：此曲作于西湖之上。

② 瘿（yǐng）杯：瘿木根制作的酒杯。瘿木，也称影木，指有木质纹理的木材。

③ 玉醅：指美酒。

④ 芦花被：用芦花絮缝制的被子，形容被子简朴。

⑤ "风清月白"两句：化用自欧阳修赋颍州西湖的《采桑子》："风清月白偏宜夜，一片琼田。谁羡骖鸾，人在舟中便是仙。"

⑥ 颜回：字子渊，春秋战国时鲁国（今山东曲阜）人，孔门七十二贤之首，以安贫乐道著称，可惜英年早逝。

⑦ 伯夷：名允，商代末孤竹国（今河北卢龙）第八任君主的长子，因不愿继承王位与其弟叔齐离开孤竹国，立志不食周粟而归隐山中，二人"采薇而食"，饿死在首阳山。

[中吕] 朝天子

闺情

　　与谁，画眉①？猜破风流谜。铜驼巷里玉骢嘶，②夜半归来醉。小意③收拾，怪胆④禁持⑤，不识羞、谁似你？自知理亏，灯下和衣睡。

①画眉：传说汉代京兆尹张敞与其妻恩爱，常为其妻画眉。此指丈夫在外的风流韵事。

②"铜驼巷"句：比喻丈夫在外浪荡游冶。铜驼巷，汉代洛阳一条街巷名，是少年子弟常游玩之地。玉骢（cōng），即玉花骢，指骏马。

③小意：小心。

④怪胆：胡作非为之胆。

⑤禁（jīn）持：折磨，使受苦。

[中吕] 满庭芳

客中九日①

　　乾坤俯仰，②贤愚醉醒，今古兴亡。剑花寒，③夜坐归心壮，又是他乡。九日明朝酒香，一年好景橙黄。龙山上，西风树响，吹老鬓毛霜。④

---

① 客中九日：指寄寓他乡过重阳节。

② 乾坤俯仰：指天地间时光流逝极快，俯仰之间就已变换。

③ 剑花寒：指灯花的形状似剑，泛起寒光。隐含使灯花爆响之意，是吉祥的兆头。

④ "龙山上"三句：典出晋代陶渊明《晋故征西大将军长史孟府君传》，言晋代孟嘉在重九日与桓温等相会，忽然风吹落他的帽子，众人嘲笑他。孟嘉虽知道失礼但没当回事，只是从容地再戴好而已。在这里比喻人到暮年。

[中吕] 普天乐

秋怀

为谁忙，莫非命？西风驿马，落月书灯。①青天蜀道难，②红叶吴江冷。③两字功名频看镜，不饶人白发星星。钓鱼子陵，④思莼季鹰，⑤笑我飘零。

---

① "西风驿马"两句：言白天在秋风中、驿馆间行走，晚上就在驿馆房间内傍月读书。指宦游生活。

② 青天蜀道难：化用自唐代李白《蜀道难》："蜀道难，难于

上青天。"比喻官场起伏艰难。

③ 红叶吴江冷：化用自唐代崔信明的名句"枫落吴江冷"，比喻孤寂心情。吴江，即松江，为太湖最大的支流。

④ 钓鱼子陵：汉代严光拒绝了汉武帝的征召，隐居垂钓。严光，字子陵。

⑤ 思莼季鹰：指思乡。典出《晋书·张翰传》："翰因见秋风起，乃思吴中菰菜、莼羹、鲈鱼脍。"张翰，字季鹰。

[中吕] 迎仙客 ①

括山 ② 道中

云冉冉 ③，草纤纤 ④，谁家隐居山半崦 ⑤。水烟寒，溪路险。半幅青帘 ⑥，五里桃花店。

① 迎仙客：曲牌名，又名"迎宾客"，曾为词牌名，后作曲牌。

② 括山：指括苍山，位于今浙江东南部。

③ 冉冉：慢慢的样子。这里指云的动态缓慢悠然。

④ 纤纤（xiān）：形容小巧或细长而柔美。这里指草木繁盛的样子。

⑤ 崦（yān）：泛指山。

⑥ 青帘：酒店的幌子。

〔中吕〕卖花声

怀古①

其一

阿房②舞殿翻罗袖，金谷名园③起玉楼，隋堤古柳缆龙舟。④不堪回首，东风还又，野花开暮春时候。

其二

美人自刎乌江岸，⑤战火曾烧赤壁山，⑥将军空老玉门关。⑦伤心秦汉，生民涂炭，读书人一声长叹！

---

①怀古：张可久以此题作《中吕·卖花声》共两首。

②阿房（ēpáng）：指秦朝宫殿阿房宫，遗址位于今陕西西安。始建于秦始皇三十五年（前212），但并未建成。

③金谷名园：位于今河南洛阳，晋代富豪石崇的林苑。

④"隋堤"句：隋炀帝开通济渠，沿河筑堤种柳，称"隋堤"，即今江苏以北的运河堤。缆龙舟，指隋炀帝沿运河南巡。

⑤"美人自刎"句：指秦末楚汉战争，项羽败走，虞姬与其一同在乌江边自杀。乌江，在今安徽和县东北。

⑥"战火"句：指东汉末吴蜀联合在赤壁火烧曹操军队，以弱胜强，奠定三国鼎立之势。赤壁，位于今湖北赤壁附近。

⑦"将军空老"句：一说指汉武帝时期汉军攻大宛而不胜，汉武帝大怒，派兵封锁玉门关，将士被迫困死关外；又一说指汉代将

军班超驻守西域已久，思念家乡，上书请离："臣不敢望到酒泉郡，但愿生入玉门关。"玉门关，古代关隘名，通往西域，位于今甘肃敦煌。

［中吕］卖花声

客况^①

其二

十年落魄江滨客，几度雷轰荐福碑^②，男儿未遇暗伤怀。忆淮阴^③年少，灭楚为帅，气昂昂汉坛三拜。

① 客况：意为奔波仕途不得志的情况。张可久以此题作《中吕·卖花声》共三首，此为其二，其一、其三见篇后附录。

② 雷轰荐福碑：传说北宋范仲淹任鄱阳郡守时，一穷书生张镐来投，范仲淹想拓下荐福寺中唐代书法家欧阳询所写《荐福碑》赠与张镐作为路费，不料半夜里一声炸雷把荐福碑击碎了。后借指命运多舛。

③ 淮阴：指淮阴侯韩信。

〔中吕〕卖花声

客况

其一

绿波南浦人怀旧，黄叶西风染鬓秋，暮云归兴仲宣楼。天南地北，尘衣风帽，漫无成数年驰骤。

其三

登楼北望思王粲，高卧东山忆谢安，闷来长铗为谁弹？当年射虎，将军何在，冷凄凄霜凌古岸。

〔中吕〕红绣鞋

春日湖上

其二

绿树当门酒肆，红妆映水鬟儿，① 眼底殷勤座间诗。尘埃三五字，② 杨柳万千丝③，记年时曾到此。

---

① 红妆映水鬟儿：指侍女的红妆及鬟髻映在水中。

② 尘埃三五字：言过去所题之诗已被尘埃所封。

③ 万千丝："丝"音同"思"，指万千情思。

[中吕] 红绣鞋

天台瀑布寺 ①

绝顶峰攒 ② 雪剑，悬崖水挂冰帘，倚树哀猿弄 ③ 云尖。血华啼杜宇，④ 阴洞吼飞廉 ⑤，比人心山未险！⑥

---

①天台瀑布寺：天台山位于今浙江天台县，天台瀑布传说为天台八景之一。寺，一说为山中方广寺，一说为衍文。

②攒：聚集。

③弄：戏耍。

④血华啼杜宇：为望帝啼血的典故。血华，意思是红花，指杜鹃花。

⑤飞廉：传说中的风神。

⑥"比人心"句：化用自《庄子·列御寇》："凡人心险于山川，难于知天。"

[仙吕] 一半儿

秋日宫词

花边娇月静妆楼 ①，叶底沧波冷翠沟，池上好风闲御舟 ②。可怜 ③ 秋，一半儿芙蓉一半儿柳。

① 静妆楼：宫中女子梳洗打扮的阁楼。

② 御舟：皇帝乘坐的船。

③ 可怜：讨人喜欢。

[越调] 小桃红

寄鉴湖①诸友

　　一城秋雨豆花凉②，闲倚平山③望。不似年时④鉴湖上，锦云⑤香，采莲人语荷花荡。西风雁行，清溪渔唱，吹恨入沧浪。⑥

① 鉴湖：即镜湖，在今浙江绍兴西南。

② 秋雨豆花凉：指豆花雨，古人称农历八月的雨为豆花雨。

③ 平山：指平山堂，位于今江苏扬州瘦西湖。

④ 年时：从前。

⑤ 锦云：像锦缎般华美的彩云，比喻缤纷的荷花。

⑥ 吹恨入沧浪（láng）：将遗憾传至青色的水中。恨，遗憾。沧浪，古水名，借指青苍色的水。

[越调] 天净沙

鲁卿①庵中

青苔古木萧萧②，苍云秋水迢迢③，红叶山斋小小。有谁曾到？探梅人④过溪桥。

---

① 鲁卿：一位隐居山寺的隐者。
② 萧萧：风吹树林摇动的声音，指冷落凄清的样子。
③ 迢迢：高远的样子。
④ 探梅人：指作者自己。梅，比喻高士。

[越调] 寨儿令①

次韵

你见么，我愁他，青门几年不种瓜。②世味嚼蜡③，尘事抟沙④，聚散树头鸦。自休官清煞陶家⑤，为调羹俗了梅花。⑥饮一杯金谷酒⑦，分七碗玉川茶⑧。嗏⑨！不强如坐三日县官衙。

---

① 寨儿令：曲牌名，又作"柳营曲"。
② "青门"句：指秦末汉初人邵平在长安城青门（霸门）外种

瓜。此句是指当时有名的邵平已经被人遗忘。

③ 嚼蜡：比喻无味。

④ 抟沙：捏沙成团。

⑤ 陶家：指东晋陶渊明，他辞去彭泽县令隐居，生活清贫。

⑥ "为调羹"句：古人常用梅子作酸的调味品。《尚书·说命》："若作和羹，尔惟盐梅。"意思是盐和梅子是调味所必需的。后常用"盐梅"比喻国家所需的人才，有时特指宰相。这里是说，梅本为清雅之物，如果作调味用，就显得庸俗。意为不愿进入官场，只想保持高洁品格。

⑦ 金谷酒：指美酒。

⑧ 七碗玉川茶：唐代诗人卢仝（tóng），号玉川子，喜饮茶，在其诗《走笔谢孟谏议寄新茶》中云："一碗喉吻润，两碗破孤闷。三碗搜枯肠，唯有文字五千卷。四碗发轻汗，平生不平事，尽向毛孔散。五碗肌骨清，六碗通仙灵。七碗吃不得也，唯觉两腋习习清风生。蓬莱山在何处？玉川子，乘此清风欲归去。"

⑨ 喳（chā）：语气助词。元代口语。

［越调］凭阑人

暮春即事 ①

其一

万朵 ② 青山生暮云，数点红香 ③ 留晚春。凭阑愁玉人，对花宽翠裙。

其二

小玉阑杆月半掐④，嫩绿池塘春几家。鸟啼芳树丫，燕衔黄柳花。

---

① 暮春即事：张可久以此题作《越调·凭阑人》共两首。

② 朵：即"朵"。

③ 红香：指海棠花，四五月开放。

④ 月半掐：农历月初或月末的弯月，因像指甲掐过的形状而得名。

[越调] 凭阑人

江夜

江水澄澄江月明，江上何人掐①玉筝②？隔江和泪听，满江长叹声。

---

① 掐（chōu）：拨动、弹拨。

② 玉筝：对古筝的美称。

[正宫]醉太平 ①

无题

其二

人皆嫌命窘 ②，谁不见钱亲。水晶环 ③ 入面糊盆 ④，才沾粘便滚。文章糊了盛钱囤 ⑤，门庭改做迷魂阵，清廉贬入睡馄饨 ⑥。胡芦提 ⑦ 倒稳。

---

① 醉太平：曲牌名，又名"凌波曲"。张可久在"无题"下作《正宫·醉太平》共三首，此为其二，余见篇后附录。

② 命窘：命运困苦。

③ 水晶环：比喻精明机灵的人。

④ 面糊盆：比喻污浊的官场环境。

⑤ 囤：用竹篾、荆条等编织存放粮食等的器物，这里指盛钱的工具。

⑥ 睡馄饨：比喻糊涂愚蠢、昏庸无能。

⑦ 胡芦提：即"葫芦提"，犹言稀里糊涂。

〔正宫〕醉太平

无题

其一

　　尘蒙了镜台，粉淡了香腮，不提防今夜故人来。你将我左猜，小冤家怕不道心儿里爱，老妖精拘管的人来煞，村冯魁割舍得柱儿颏，远乡了秀才。

其三

　　陶朱公钓船，晋处士田园，潜居水陆脱尘缘。比别人虑远，贤愚参杂随时变。醉醒和哄迷歌宴，清浊混沌待残年，休呆波屈原！

〔正宫〕小梁州①

失题②

　　篷窗风急雨丝丝，闷捻吟髭，③淮阳④西望路何之⑤？无一个鳞鸿⑥至，把酒问篙师⑦。　　〔幺〕迎头便说兵戈事，风流再莫追思，塌了酒楼，焚了茶肆；柳营花市，⑧

更呼甚^⑨燕子莺儿^⑩。

---

① 小梁州：曲牌名，又名"小凉州"。

② 失题：古诗词曲中的"失题""无题"，多是不便言明真意，故隐其题。

③ 闷捻吟髭（zī）：因为愁闷难遣，而捻着胡须吟诗。

④ 淮阳：位于今河南东部。

⑤ 之：往，到。

⑥ 鳞鸿：即鱼雁。代指书信、信使。

⑦ 篙（gāo）师：撑船的熟手。

⑧ 柳营花市：犹言柳巷花街，指妓院。

⑨ 更呼甚：更不要提。

⑩ 燕子莺儿：指艺妓。

［正宫］塞鸿秋

春情

疏星淡月秋千院，愁云恨雨芙蓉面。伤情燕足留红线^①，恼人莺影^②闲团扇^③。兽炉^④沉水烟^⑤，翠沼^⑥残花片，一行写入相思传。

---

① 燕足留红线：比喻失偶之苦。典出宋代《丽情集·燕女

坟》：姚玉京的丈夫溺水而死，她与一只孤燕长相陪伴。燕子每年离去时，玉京用红线系在燕足上，嘱咐燕子次年再来做伴。玉京病死那年，燕子也悲鸣而死。

②鸾影：比喻女子身影。

③闲团扇：比喻情思无处寄寓。典出《古今乐录》对《团扇郎歌》的记载：晋代中书令王珉，总手持白团扇，与其嫂之婢女谢芳姿有情。嫂令谢芳姿歌一曲就免其责罚，谢芳姿便唱："白团扇，辛苦五流连。是郎眼所见。"

④兽炉：兽形的金属香炉。

⑤沉水烟：即沉水香，俗名沉香。一种名贵香料。

⑥翠沼：翠绿的池塘。

[正宫] 汉东山①

述感

其四

红妆间翠娥，罗绮列笙歌。重重金玉多，受用②也末哥，二鬼无常③上门呵！怎地躲？索共他，见阎罗。

①汉东山：曲牌名。张可久以"述感"为题，作《正宫·汉东山》共十首，此为其四，余见篇后附录。

②受用：享受。指前三句富豪奢靡的生活。

③二鬼无常：传说中人将死时会有勾魂的使者至，曰黑白无常，故称二鬼。

〔正宫〕汉东山

述感

其一

骑鲸沧海波，高枕白云窝。人生梦南柯，睡觉来也末哥，积玉堆金待如何？田地阔，儿女多，惹争夺。

其二

西村小过活，老子自婆娑。千家饭一钵，饱了人也末哥，紫绶金章闹呵呵。不如我，芳草坡，钓鱼蓑。

其三

绿袍翻败荷，醉后自磨跎。市上小儿多，要钱也末哥，暮四朝三笑呵呵。蓝采和，没奈何，假风魔。

其五

香风瑞锦窠，凉月素银波。兰舟夜如何？晚凉也末哥，万顷湖光镜新磨。小玉娥，隔翠荷，采莲歌。

其六

黄沙白橐驼，玉勒紫金珂。一簇小宫娥，送了他也末哥，马上琵琶为谁拨？到黑河，将奈何，泪痕多。

其七

霓裳舞月娥，野鹿起干戈。百年长恨歌，闹了也末哥，万马千军早屯合。走不脱，那一埚，马嵬坡。

其八

烟花暗绮罗，车马闹鸣珂。樽前皓齿歌，醉杀人也末哥，闭月羞花赛姮娥。那老婆，送了他，郑元和。

其九

神仙张志和，一棹鼓沧波。中流扣舷歌，快活也末哥，杜酒新篘鳜鱼活。湖海阔，烟雨多，暗渔蓑。

其十

《黄庭》换白鹅，夜冷饭牛歌。湖上月明多，受用也末哥，纸帐梅花病维摩。奈老何？学坐钵，做工课。

[南吕]金字经

感兴

野唱敲牛角，^①大功悬虎头^②，一剑能成万户侯。愁，黄沙白髑髅^③；成名后，五湖寻钓舟。^④

---

① 野唱敲牛角：典出《艺文类聚》：春秋时期有个叫宁戚的人怀才不遇，以养牛为生。一日，他在牛棚喂牛，见齐桓公出巡，便敲牛角唱歌，齐桓公听到后觉其有才华，就任用他做官。后以"宁戚饭牛"指君臣知遇。

② 虎头：指虎头金牌，皇帝授予有功之臣的令牌，持此令牌可以便宜行事。

③ 髑髅（dúlóu）：死人的头骨，指白骨。

④ 五湖寻钓舟：指春秋时越国大夫范蠡在辅佐越王勾践复国后隐退，泛舟五湖之事。这里指功成身退。

[南吕] 金字经

乐闲

百年浑①似醉，满怀都是春，高卧东山②一片云。嗔③，是非拂面尘；消磨尽，古今无限人。

① 浑：全、都。

② 高卧东山：用东晋谢安隐居东山的典故，比喻隐居或隐居行径。东山，位于今浙江上虞。

③ 嗔：怪罪、埋怨。

[商调] 梧叶儿①

感旧

肘后黄金印，②樽前白玉卮③，跃马少年时。巧手穿杨叶，④新声付柳枝⑤，信笔和梅诗⑥。谁换却何郎⑦鬓丝？

---

① 梧叶儿：曲牌名，又名"碧梧秋""知秋令"。

② 肘后黄金印：化用自《晋书·周颛（yǐ）传》："今年杀诸贼奴，取金印如斗大系肘。"比喻人的官位显赫。

③ 卮（zhī）：古代盛酒的器皿。

④ 巧手穿杨叶：即百步穿杨的射箭本领。

⑤ 柳枝：即《杨柳枝》，横笛曲名。

⑥ 梅诗：指南朝梁何逊所作的咏梅诗，后有"何逊咏梅"的典故。

⑦ 何郎：即何逊，南朝梁著名诗人。此句为仰慕何逊的文笔才华所作感叹之语。

徐再思

[双调] 折桂令

春情

　　平生不会相思，才会相思，便害相思。身似浮云^①，心如飞絮，气若游丝^②。空一缕余香在此，盼千金^③游子何之^④。证候^⑤来时，正是何时？灯半昏时，月半明时。

---

　　①身似浮云：形容身体虚弱，走路晕晕乎乎，摇摇晃晃，像飘浮的云。

　　②游丝：春天空中飘浮着的昆虫所吐的丝，比喻轻微。

　　③千金：比喻珍贵，又含亲切意。

　　④何之：即之何，到哪里去了。

　　⑤证候：指相思病的症状。

[双调] 殿前欢

观音山眠松^①

　　老苍龙，避乖^②高卧此山中。岁寒心^③不肯为梁栋，翠蜿蜓俯仰相从。④秦皇旧日封，⑤靖节⑥何年种? 丁固当时梦。⑦半溪明月，一枕清风。

---

①观音山眠松：今江苏扬州西北有观音山，山中有观音寺，寺中有松似苍龙。

②避乖：即避难。

③岁寒心：比喻隐士高洁的内心。

④"翠蜿蜓"句：指老松树伏向地面，依着观音山的地形生长。比喻隐士已适应隐居生活，不愿出仕。

⑤秦皇旧日封：典出《史记·秦始皇本纪》："二十八年，始皇东行郡县……乃遂上泰山，立石，封，祠祀。下，风雨暴至，休于树下，因封其树为五大夫。"比喻观音山之松，受过封，已立过功业。

⑥靖节：东晋陶渊明私谥"靖节"。

⑦丁固当时梦：《艺文类聚》引晋代张勃《吴亲》载，言三国吴时的丁固，曾梦到松树生长在其腹上。有人说："松，十八公也。"后丁固果然官至大司徒。

[双调] 水仙子

夜雨

一声梧叶一声秋，①一点芭蕉一点愁，三更归梦三更后。落灯花棋未收，^②叹新丰孤馆人留。^③枕上十年事，江南二老^④忧，都到心头。

---

①"一声梧叶"句：含"一叶知秋"的典故，又化用了唐代温庭筠《更漏子》："梧桐树，三更雨，不道离情正苦。一叶叶，一声声，空阶滴到明。"

②落灯花棋未收：化用宋代赵师秀《约客》："有约不来过夜半，闲敲棋子落灯花。"形容游子孤身一人凄凉的心境。

③"叹新丰"句：典出《新唐书·马周传》中"舍新丰，逆旅主人不之顾"，意为因其穷苦而备受旅店店主冷落。比喻游子宦游的穷窘困顿。新丰，位于今陕西临潼。

④二老：指双亲。

[双调] 水仙子

红指甲

落花飞上笋牙尖^①，宫叶^②犹将冰箸^③粘，抵牙关越显得樱唇艳。怕伤春不卷帘，捧菱花^④香印妆奁。雪藕丝霞十缕，镂枣斑血半点，掐^⑤刘郎^⑥春在纤纤。

---

①笋牙尖：以嫩笋尖芽比喻女子尖细娇嫩的手指甲。

②宫叶：以宫中红叶比喻女子红色的指甲盖。

③冰箸：指屋檐间结成的冰条，像冰筷子，以此喻女子手指洁白。

④菱花：指菱花镜，泛指镜子。

⑤掐：用指甲按，此指男女调情的动作。

⑥刘郎：指东汉刘晨，传说其至天台山采药，遇仙女，遂成婚配。此处指情郎。

[双调] 水仙子

马嵬坡

翠华①香冷梦初醒，黄壤春深草自青，羽林兵拱听②将军③令。拥鸾舆蜀道行，妾虽亡天子还京。昭阳殿④梨花月色，建章宫⑤梧桐雨声，马嵬坡尘土虚名。

①翠华：用翠鸟羽毛装饰的旗帜，指皇帝的仪仗。

②拱听：犹言恭听。

③将军：指将军陈玄礼。

④昭阳殿：为汉成帝时的宫殿。后指代杨贵妃生前居住的宫殿。

⑤建章宫：为汉武帝时的宫殿。这里指唐玄宗李隆基返回长安时居住的宫殿。

[双调] 清江引

相思

相思有如少债的①，每日相催逼。常挑着一担愁，准②不了三分利。这本钱见他时才算得。

---

① 少债的：欠债。
② 准：抵偿。

[越调] 凭阑人

春情

鬓拥春云①松玉钗，眉淡秋山羞镜台。海棠开未开？粉郎②来未来？

---

① 春云：对女子秀发的美称。
② 粉郎：《三国志·魏志·何晏传》中记载，三国魏时何晏面白如傅粉，人称粉侯，亦称粉郎。后用作心爱郎君的爱称。

[中吕] 阳春曲

赠海棠 ①

玉环梦断风流事,银烛歌成富贵词。② 东风一树玉胭脂 ③。双燕子,曾见正开时。

---

① 海棠:似指歌女海棠姑娘,又一说指杨贵妃。泛指美女。

②"银烛"句:指在烛火下作成歌颂海棠的诗词。化用自宋代苏轼《海棠》:"只恐夜深花睡去,故烧高烛照红妆。"富贵,我国素以牡丹、海棠为富贵之花,故称。

③ 玉胭脂:指海棠花盛开时极其美艳,如同胭脂色的玉石。

[中吕] 朝天子

西湖 ①

里湖,外湖,② 无处是无春处。真山真水真画图,一片玲珑玉 ③。宜酒宜诗,宜晴宜雨,销金锅 ④ 锦绣窟。老苏 ⑤,老逋 ⑥,杨柳堤梅花墓。⑦

---

① 西湖:即杭州西湖。

② 里湖,外湖:西湖以苏堤为界,有里湖、外湖之分。

③ **玲珑玉**：似指水仙花，据记载元代杭州多有种植。

④ **销金锅**：指西湖因景色优美，吸引了众多游人，游人赏玩享受，美女如云。销金锅，宋代周密《武林旧事·西湖游幸》记载："西湖天下景，朝昏晴雨，四序总宜。杭人亦无时而不游……日糜金钱，靡有纪极，故杭谚有'销金锅儿'之号，此语不为过也。"原指大量花费金钱的处所，也指西湖。

⑤ **老苏**：指宋代苏轼。苏轼任杭州刺史时，疏浚河道，防治水患，堆泥修堤于西湖，堤上植芙蓉、杨柳，人称苏堤。

⑥ **老逋**：指宋代林逋，号和靖先生。林逋隐居于西湖孤山，以梅鹤为伴，人称"梅妻鹤子"。

⑦ **杨柳堤梅花墓**：即苏堤、和靖墓。

[商调] 梧叶儿

钓台 ①

龙虎昭阳殿，② 冰霜函谷关 ③，风月富春山 ④。不受千钟禄 ⑤，重归七里滩，赢得一身闲，高似他云台将坛 ⑥。

① **钓台**：东汉严子陵隐居的七里滩钓台。

② **龙虎昭阳殿**：暗指韩信被吕后所杀。龙虎，原形容皇家的气派，这里指吕后权势之盛。昭阳殿，汉代宫殿，为皇后居所。

③ **函谷关**：位于今河南灵宝。是险要的关隘。

④富春山：位于今浙江桐庐，一名严陵山。前临富春江，山下即为严子陵垂钓之钓台。

⑤千钟禄：即高官厚禄。

⑥云台将坛：东汉显宗时代，二十八位中兴名将的图像绘于云台，以表彰其功业。

［商调］梧叶儿

革步 ①

山色投②西去，羁情③望④北游，湍水向东流。鸡犬三家店⑤，陂塘⑥五月秋，风雨一帆舟，聚车马关津⑦渡口。

① 革步：改变行程、路线。这里指改步行为舟行。

② 投：朝、向。

③ 羁情：宦游在外的情怀。

④ 望：朝、向。

⑤ 三家店：指人烟稀少的村店。

⑥ 陂（bēi）塘：池塘。

⑦ 关津：古时水陆交通的关卡。

[商调]梧叶儿

春思

其一

芳草①思南浦②，行云梦楚阳，③流水恨潇湘。花底春莺燕，钗头金凤凰，被面绣鸳鸯，④是几等儿⑤眠思梦想！

其二

鸦鬓春云亸⑥，象梳秋月敁，⑦鸾镜晓妆迟。香渍青螺黛，⑧盒开红水犀⑨，钗点紫玻璃，只等待风流画眉⑩。

---

①芳草：指王孙草。汉代淮南小山《招隐士》："王孙游兮不归，春草生兮萋萋。"后以"王孙草"指牵人离愁的景色。

②南浦：指送别之地。出自南朝梁江淹《别赋》："春草碧色，春水渌波，送君南浦，伤如之何！"

③行云梦楚阳：化用自战国楚时宋玉《高唐赋序》："旦为朝云，暮为行雨。朝朝暮暮，阳台之下。"借此表达男女相会的场面。

④"花底"三句：莺燕、凤凰、鸳鸯皆为成双成对、恩爱非常的动物，表达女子相思之苦。

⑤几等儿：多么。元代口语。

⑥亸（duǒ）：下垂。

⑦象梳秋月敧（qī）：月牙般的象牙梳子在发间斜插着。敧，依、斜倚。

⑧香渍青螺黛：把香掺到画眉的颜料中。

⑨红水犀：用水犀皮制作的红色粉饰盒。

⑩风流画眉：用汉代张敞为妻画眉之典。

曹　德

[中吕] 喜春来

和则明①韵

其二

春云巧似山翁帽②，古柳横为独木桥。风微尘软落红③飘。沙岸好，草色上罗袍。

其三

春来南国花如绣，雨过西湖水似油。小瀛洲④外小红楼⑤。人病酒⑥，料自下帘钩⑦。

---

①则明：任昱，字则明。曹德唱和任昱曲共三首，此为后两首，其一见篇后附录。

②山翁帽：指晋代名士山简好饮酒，醉时曾倒裹白巾。在此指云彩变换，形态多样。

③落红：落花。

④小瀛洲：瀛洲本指海上仙山，在此指西湖中的小岛。

⑤小红楼：指歌楼舞榭等玩乐之所。

⑥病酒：醉酒。

⑦下帘钩：放下床帏的帘钩，意为准备就寝。

〔中吕〕喜春来

和则明韵

其一

骚坛坐遍诗魔退,步障行看肉阵迷。海棠开后燕飞回。喧暂息,爱月夜眠迟。

〔调侠〕三棒鼓声频①

题《渊明醉归图》

先生醉也,童子扶著。有诗便写,无酒重赊,山声野调欲唱些,俗事②休说。　　问青天借得松间月,陪伴今夜。长安③此时春梦④热,多少豪杰,明朝镜中头似雪,乌帽⑤难遮。　　星般大县儿难弃舍,晚入庐山社⑥。比及⑦眉未攒,腰曾折,⑧迟了也⑨去官陶靖节!

---

① 三棒鼓声频:元代行乞之人所唱的曲调,宫调已佚。

② 俗事:追求功名利禄之事。

③ 长安:汉唐都城,今西安。泛指都城。

④ 春梦:此指富贵之梦,暗指富贵之梦如春光般容易流逝。

⑤乌帽：乌纱帽。指古代官员的官帽。

⑥庐山社：指慧远和尚在庐山东林寺发起的白莲社。陶渊明曾前往参加。

⑦比及：等到。

⑧眉未攒，腰曾折：此句中，"未""曾"分在两句，但应合为"未曾"解。攒眉，《莲社高贤传》："远法师与诸贤结莲社，以书招渊明。渊明曰：'若许饮则往。'许之，遂造（往）焉。忽攒眉而去。"形容不高兴的样子。折腰，陶渊明任彭泽县令时，有督邮督察来县里，陶渊明不愿去拜见，说："吾不能为五斗米折腰。"形容不事权贵的品格。

⑨迟了也：晚了啊。也，语气助词，无意义。

高克礼

[双调] 雁儿落带过得胜令 [①]

其二

寻[②]致争[③]不致争，既言定先言定。论至诚俺至诚，你薄幸[④]谁薄幸？岂不举头三尺有神明，忘义多应当罪名！海神庙见有他为证，似王魁负桂英，碜可可[⑤]海誓山盟。[⑥]缕带难逃命，[⑦]裙刀上更自刑，[⑧]活取了个年少书生。

---

① 雁儿落带过得胜令：曲牌名，前四句是雁儿落，后八句是得胜令，因两调音律可以衔接，而作者填完前调意犹未尽，故兼而连带填后调，是谓"带过"。高克礼作《双调·雁儿落带过得胜令》共两首，此为其二，其一见篇后附录。

② 寻：时常、平常。

③ 致争：努力争辩。

④ 薄幸：薄情。

⑤ 碜可可：实实在在。

⑥ "海神庙"三句：此三句借王魁负桂英的故事，表达女子怨恨之情。传说歌妓焦桂英资助书生王魁读书赴考，二人于海神庙前许下盟誓，王魁考中后弃桂英另娶，桂英愤而自杀，死后鬼魂活捉了王魁。

⑦ 缕带难逃命：指女子上吊自杀。

⑧ 裙刀上更自刑：指女子用裙边佩带的小刀自杀。此二句与下一句合起来是说，女子就算自杀，也不会放过那负心的书生。

［双调］雁儿落带过得胜令

其一

新愁因甚多？浅黛教谁画？倦将珊枕攲，款要朱扉亚。　月明闲照绿窗纱，酒冷重温白玉斝。五花骢系何处垂杨下？少年心亏负杀、亏负杀。不恨你个冤家，高烧银蜡，宽铺绣榻，今夜来么？

［越调］黄蔷薇带过庆元贞 ①

天宝遗事 ②

又不曾看生见长，便这般割肚牵肠。唤奶奶酪子里赐赏，③ 撮醋醋④孩儿弄璋⑤。　断送得他萧萧鞍马出咸阳，⑥ 只因他重重恩爱在昭阳，引惹得纷纷戈戟闹渔阳⑦。哎，三郎⑧！睡海棠⑨，都则为一曲舞霓裳⑩。

① 黄蔷薇带过庆元贞：曲牌名，此为带过曲。

② 天宝遗事：指唐玄宗因宠爱杨贵妃而误国，导致安史之乱的事情。

③ "唤奶奶"句：相传杨贵妃曾认安禄山为义子，故此句言安禄山称杨贵妃为母亲，杨贵妃高兴，暗中给他赏赐。奶奶，指母亲。酪子里，暗地里。

④ 撮醋醋：意义不明，一说为打扮得干净整洁的样子。似为安禄山向杨贵妃献殷勤的样子。撮，整理、收拾。醋醋，即楚楚，整洁鲜明的样子。

⑤ 弄璋：古代对生男孩的雅称。始见《诗·小雅·斯干》："乃生男子，载寝之床，载衣之裳，载弄之璋。"指生下男孩把璋玉给他玩，后来把生下男孩称"弄璋之喜"。这里也指杨贵妃收安禄山为义子之事。

⑥ "萧萧鞍马"句：指安史之乱后唐玄宗仓皇西逃。萧萧，形容马的嘶鸣声。咸阳，此指唐代都城长安。

⑦ 闹渔阳：天宝十四载，安禄山诈称奉旨讨奸相杨国忠，自范阳起兵叛唐。渔阳，即范阳。

⑧ 三郎：指唐玄宗李隆基，其为唐睿宗第三子。

⑨ 睡海棠：指杨贵妃。

⑩ 霓裳：指《霓裳羽衣曲》，传说为唐玄宗亲自谱制，杨贵妃擅舞此曲。后几句化用自唐代白居易《长恨歌》："渔阳鼙鼓动地来，惊破霓裳羽衣曲。"

锺嗣成

[南吕] 骂玉郎带过感皇恩采茶歌 ①

恨别 ②

风流得遇鸾凰配，恰比翼便分飞，彩云易散琉璃脆。没揣地③钗股折，厮琅地④宝镜亏⑤，扑通地银瓶坠。　香冷金猊⑥，烛暗罗帏。支刺地⑦搅断离肠，扑速地⑧淹残泪眼，吃答地⑨锁定愁眉。　天高雁杳⑩，月皎乌飞⑪。暂⑫别离，且宁耐⑬，好将息。你心知，我诚实，有情谁怕隔年期。去后须凭灯报喜，来时长听马频嘶。

---

① 骂玉郎带过感皇恩采茶歌：曲牌名，由"骂玉郎""带皇恩""采茶歌"三支曲调组成的带过曲，又名"瑶华曲"。

② 恨别：此为"四别"之一，居"四别"第二。其余三首分别为"叙别"、"寄别"和"忆别"。

③ 没揣（chuǎi）地：突然，料不到。

④ 厮琅地：象声词。形容碎裂之声。

⑤ 亏：缺损，这里指摔碎磕碰等。

⑥ 金猊（ní）：香炉。炉盖作狻（suān）猊形，空腹，焚香时烟从口出。

⑦ 支刺地：象声词。形容断裂之声。

⑧ 扑速地：象声词。眼泪落下的样子。

⑨ 吃答地：象声词。眉头皱起的样子。

⑩ 杳：无影无声。

⑪ 月皎乌飞：日月流逝。

⑫ 暂：猝然。

⑬ 且宁耐：暂且忍耐。

[双调] 凌波仙

吊陈以仁 ①

钱塘 ② 人物尽飘零，赖有斯人 ③ 尚老成 ④。为朝元 ⑤ 恐负虚皇 ⑥ 命。凤箫寒，鹤梦惊，⑦ 驾天风直上蓬瀛 ⑧。芝堂静，蕙帐清，⑨ 照虚梁落月空明。

① 吊陈以仁：锺嗣成吊各元曲家的《凌波仙》曲词分录于其作品《录鬼簿》的每家人物小传后。陈以仁，字存甫（一作存父），杭州人。

② 钱塘：即杭州。

③ 斯人：此人，指陈以仁。

④ 老成：阅历多而练达世事。

⑤ 朝元：原指古代诸侯和臣属贺见帝王，这里指道教教徒朝拜

神仙。

⑥虚皇：道教神名，高上虚皇道君。

⑦"凤箫寒"两句：言陈以仁死亡，驾鹤魂归时有凤箫吹奏，遂以升仙。

⑧蓬瀛：海上蓬莱、瀛洲二仙岛。

⑨"芝堂"两句：芝堂、蕙帐是屋室的美称，是有才德之人的居所。这里指陈以仁的居室。《孔子家语》有言："与善人居，如芝兰之室，久而不闻其香，及与之化矣。"

张养浩

[中吕] 红绣鞋

警世

其一

才上马^①齐声儿喝道^②，只这的便是那送了人^③的根苗^④，直引到深坑里恰^⑤心焦。祸来也何处躲？天怒也怎生饶？把旧来时威风不见了。

其二

正胶漆^⑥当思勇退，到参商^⑦才说归期，只恐范蠡张良^⑧笑人痴。揣着胸登要路，^⑨睁着眼履危机，直到那其间谁救你？

---

①上马：比喻新官上任。

②齐声儿喝道：高官出行常有人呼喝开路。这里指有人刚当官便吆五喝六，不可一世。

③送了人：断送人的前程。

④根苗：苗头、征兆。

⑤恰：才。

⑥正胶漆：形容在官场上正得意时。

⑦参商：指参星与商星，二者此出彼没。古人以此比喻彼此对立，不和睦。此处指官场上不得意。

⑧范蠡张良：分别为春秋时期越国大夫和汉代开国功臣，二人在建功立业后都选择归隐。

⑨"揎（tiǎn）着胸"句：挺着胸出任要职。揎，通"腆"。

[中吕]山坡羊①

骊山②怀古

其一

骊山四顾，阿房一炬，当时奢侈今何处？只见草萧疏，水萦纡③，至今遗恨迷烟树，列国周齐秦汉楚。赢，都变做了土；输，都变做了土！

其二

骊山屏翠，汤泉④鼎沸，说琼楼玉宇今俱废。汉唐碑，半为灰，荆榛⑤长满繁华地，尧舜土阶君莫鄙。生，人赞美；亡，人赞美。

潼关怀古

峰峦如聚，波涛如怒，山河表里潼关路。⑥望西都⑦，意踌躇，⑧伤心秦汉经行处，宫阙万间都做了土。兴，百姓苦；亡，百姓苦！

---

①山坡羊：张养浩在《中吕·山坡羊》下有"怀古"类曲作共九首，此处收三首，余见篇后附录。

②骊山：位于今陕西西安临潼。

③萦纡（yíngyū）：形容水回旋曲折。

④汤泉：指骊山脚下华清宫，位于今陕西西安临潼。唐代兴建并成规模，唐太宗赐名"汤泉宫"，也称"温泉宫""华清宫"，是唐玄宗最常出游之地。

⑤荆榛：也作"荆蓁"。泛指丛生灌木，多用以形容荒芜情景。

⑥"山河表里"句：潼关（位于今陕西潼关附近）外是黄河，内有华山，形势险要，是古往今来的军事要地。

⑦西都：指长安。

⑧意踌躇（chóuchú）：原意为犹豫不决，这里指思绪万千。

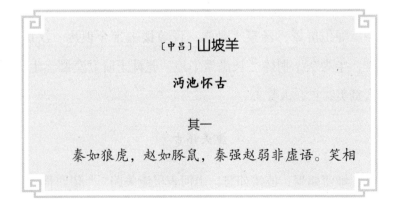

〔中吕〕**山坡羊**

渑池怀古

其一

秦如狼虎，赵如豚鼠，秦强赵弱非虚语。笑相如，大粗疏，欲凭血气为伊吕，万一座间诛戮汝。君也，谁做主？民也，谁做主？

其二

秦王强暴，赵王懦弱，相如何以为怀抱？不量度，剩粗豪，酒席间便欲伐无道，倘若祖龙心内恼。君，干送了；民，干送了！

北邙山怀古

悲风成阵，荒烟埋恨，碑铭残缺应难认。知他是汉朝君，晋朝臣？把风云庆会消磨尽，都做了北邙山下尘。便是君，也唤不应；便是臣，也唤不应！

洛阳怀古

天津桥上，凭阑遥望，春陵王气都凋丧。树苍苍，水茫茫，云台不见中兴将，千古转头归灭亡。功，也不久长；名，也不久长。

未央怀古

三杰当日，俱曾此地，殷勤纳谏论兴废。见遗基，怎不伤悲，山河犹带英雄气，试上最高处闲坐地。东，也在图画里；西，也在图画里。

咸阳怀古

城池俱坏，英雄安在？云龙几度相交代！想兴衰，若为怀，唐家才起隋家败，世态有如云变改。疾，也是天地差；迟，也是天地差！

[双调] 庆东原^①

其四

鹤立花边玉，^②莺啼树杪弦，^③喜沙鸥也解^④相留恋。一个冲开锦川^⑤，一个啼残翠烟^⑥，一个飞上青天。诗句欲成时，满地云撩乱。

---

① 庆东原：此调之下共收录四首曲子，本书收录"其四"。

② 鹤立花边玉：鹤立在花丛边，像玉一般高雅洁白。

③ 莺啼树杪（miǎo）弦：黄莺在树梢啼唱，犹如弦乐动人。

④ 解：明白，理解。

⑤ 锦川：美丽的河川。

⑥ 翠烟：青烟。

[双调] 沉醉东风 ①

其一

蔬圃莲池药阑 ②，石田茅屋柴关。俺这里花发的疾 ③，溪流的慢，绰然亭 ④ 别是人间。对着这万顷风烟四面山，因此上功名意懒！

其二

班定远飘零玉关，⑤ 楚灵均憔悴江干。⑥ 李斯有黄犬悲，⑦ 陆机有华亭叹，⑧ 张柬之老来遭难，⑨ 把个苏子瞻长流了四五番，⑩ 因此上功名意懒！

其三

昨日颜如渥丹 ⑪，今朝鬓发斑斑。恰才桃李春，又早桑榆晚，断送了古人何限？只为天地无情乐事悭，因此上功名意懒！

----

① 沉醉东风：张养浩作《双调·沉醉东风》共七首，此为前三首，余见篇后附录。

② 药阑：种药的栏圃。

③ 疾：快。这里指花开得早。

④ 绰然亭：为张养浩晚年居住的亭台。

⑤ "班定远"句：汉代班超，因驻守西域边关战功赫赫被封定

远侯。《后汉书·班超传》记载他晚年思念家乡，上书请离："臣不敢望到酒泉郡，但愿生入玉门关。"

⑥"楚灵均"句：屈原，字灵均。《楚辞·渔夫》中有形容他被流放时的情形："颜色憔悴，形容枯槁。"

⑦"李斯"句：李斯，秦国丞相。《史记·李斯列传》记载李斯与其子被秦二世腰斩时，对其子说："吾欲与若复牵黄犬，俱出上蔡东门逐狡兔，岂可得乎？"

⑧"陆机"句：陆机，西晋文学家。《晋书·陆机传》记载他因谗言被杀，临终前曾说："华亭鹤唳，岂可复闻乎？"

⑨"张柬之"句：张柬之，唐代大臣，曾任宰相，晚年受排挤被贬为新州司马，愤恨而死。

⑩"苏子瞻"句：苏子瞻，即苏轼，北宋文学家，仕途几度受挫，曾被贬至黄州（今湖北黄冈）、惠州（今广东惠阳）、儋州（今海南儋州）等地。

⑪渥丹：润泽光艳的朱砂。多形容红润的面色。

〔双调〕沉醉东风

其四

郭子仪功威吐蕃，李太白书骇南蛮。房玄龄经济才，尉敬德英雄汉，魏徵般敢言直谏。这的每都不满高人一笑看，因此上功名意懒！

其五

苫茅屋白云数间，睡芸窗红日三竿。远近村，高低涧，把人我是非遮断。阆苑蓬莱咫尺间，因此上功名意懒！

其六

万言策长沙不还，六韬书云梦空叹。只为他进身的疾，收心的晚，终不免有许多忧患。见了些无下梢从前玉笋班，因此上功名意懒！

其七

笔砚琴书座间，松筠梅菊江干。欢有余，春无限，绰然亭只疑在天上。万事无心一钓竿，因此上功名意懒！

[双调] 折桂令 ①

其三

功名百尺竿头 ②，自古及今，有几个干休 ③？一个悬首城门 ④，一个和衣东市 ⑤，一个抱恨湘流 ⑥。一个十大功亲戚不留，⑦一个万言策贬窜忠州。⑧一个无罪监收，一个自抹咽喉。仔细寻思，都不如一叶扁舟⑨。

中秋

一轮飞镜谁磨？照彻乾坤，印透山河。玉露泠泠⑩，洗秋空银汉无波。比常夜清光更多，⑪尽无碍桂影婆娑。老子高歌，为问嫦娥，良夜恹恹⑫，不醉如何？

---

①折桂令：张养浩作《双调·折桂令》共九首，此为其中两首，余见篇后附录。

②百尺竿头：喻极高的官位和功名。

③干休：罢休、罢手。

④悬首城门：指春秋时吴国大夫伍子胥。吴王夫差不纳伍子胥杀勾践的劝谏，反而听信谗言命伍子胥自杀。死前伍子胥要求把自己的头颅悬挂在城门之上，以目睹日后越国灭吴。

⑤和衣东市：指汉代晁错。晁错上书请削诸侯封地，诸侯利益受损，使景帝将晁错处死，晁错身着朝服被腰斩于东市。

⑥抱恨湘流：指战国时楚国大夫屈原。他力主抗秦，于怀王、顷襄王时两度遭到放逐。秦军攻破楚国都城后，屈原心知楚国衰亡的命运不可扭转，投入汨罗江自杀。

⑦"十大功"句：指汉代开国功臣韩信。他曾襄助汉高祖刘邦平定天下，却终被吕后设计谋害，株连三族。十大功，韩信平生曾伐魏、徇赵、胁燕、定齐、破楚将龙且、围项羽于垓下，功高盖世，故后人有"韩信十大功劳"之说。

⑧"万言策"句：指唐代的陆贽。他在唐德宗时多次上书参奏裴延龄的罪行，因而遭谗被贬为忠州别驾。忠州，今重庆忠县。

⑨一叶扁舟：指越国大夫范蠡助越王勾践复国后，泛舟五湖，做隐士去了。

⑩泠泠（líng）：形容清凉的样子。

⑪"比常夜"句：化用自宋代辛弃疾《太常引》："斫去桂婆娑，人道是，清光更多。"意思是中秋月圆比平时的月光更明亮。

⑫恹恹：精神不济的样子。

〔双调〕折桂令

其一

想为官枉了贪图，正直清廉，自有亨衢。暗室亏心，纵然致富，天意何如？白图甚身心受苦，急回头暮景桑榆。婢妾妻孥，玉帛珍珠，都是过眼的风光，总是空虚。

其二

功名事一笔都勾，千里归来，两鬓惊秋。我自无能，谁言有道，勇退中流。柴门外春风五柳，竹篱边野水孤舟。绿蚁新篘，瓦钵磁瓯，直共青山，醉倒方休。

过金山寺

长江浩浩西来，水面云山，山上楼台。山水相连，楼台相对，天与安排。诗句成风烟动色，酒杯倾天地忘怀。醉眼睁开，遥望蓬莱，一半儿云遮，一半儿烟霾。

凿池

殷勤凿破苍苔，把湖泺风烟，中半分开。满意清香，尽都是千叶莲栽。看镜里红妆弄色，引沙头白鸟飞来。老子方才，陶写吟怀，忽见波光，摇动亭台。

咏胡琴

八音中最妙惟弦，塞上新声，字字清圆。锦树啼莺，朝阳鸣凤，空谷流泉。引玉杖轻笼慢捻，赛歌喉倾倒宾筵。常记当年，香案之前，一曲春生，四海名传。

通州巡舟

呼童解缆开船，见绿树青天，两岸回旋。欹枕篷窗，觉风波只在头边。桂棹举摇开翠烟，竹弹斜界破平川。老子狂颠，高咏诗篇，行过沙头，惊的些白鸟翩翩。

白莲隐括木兰花慢

幽花带露池塘，恨太华峰高，身世相妨。脉脉盈盈，何须解语，已断柔肠。美公子风标异常，尽一生何限清香。华发沧浪，夜月壶觞，明日新声，付与秋娘。

[双调] 清江引

咏秋日海棠 ①

其九

睡起不禁霜月 ② 苦，篱菊休相妒。③ 恰与东君别，又被西风误，教他这粉蝶儿 ④ 无是处。

---

① 咏秋日海棠：张养浩在此题下作《双调·清江引》共十一首，此处选录第九首。

② 霜月：冬月，指农历十一月。一说为农历七月。

③ 篱菊休相妒：意思是菊花凋落时秋花仍然开放，无须嫉妒。

④ 粉蝶儿：指落下的秋花像翩飞的蝴蝶。

郑光祖

[双调] 蟾宫曲

梦中作①

其一

半窗幽梦微茫，歌罢钱塘，②赋罢高唐。风入罗帏，爽③入疏棂④，月照纱窗。缥缈见梨花⑤淡妆，依稀闻兰麝⑥余香。唤起思量。待不思量，怎不思量。

---

①梦中作：实际是写梦中幽会。郑光祖以此题作《双调·蟾宫曲》共三首，此为其一，余见篇后附录。

②歌罢钱塘：用钱塘名妓苏小小的典故。宋代何薳《春渚纪闻》载，司马才仲梦到一美人唱《黄金缕》："妾本钱塘江上住，花落花开，不管流年度。燕子衔将春色去，纱窗几阵黄梅雨。"此美人即苏小小的魂魄。传说司马才仲死后与苏小小相携而去。

③爽：明亮，指月光。

④棂：窗格。

⑤梨花：以梨花形容女子肌肤白皙。

⑥兰麝：兰香与麝香，均为名贵的香料。

〔双调〕蟾宫曲

梦中作

其二

飘飘泊泊船缆定沙汀，悄悄冥冥。江树碧荧荧，半明不灭一点渔灯。冷冷清清潇湘景晚风生，淅留淅零暮雨初晴，皎皎洁洁照橹篷别留团栾月明，正潇潇飒飒和银筝失留疏刺秋声。见希飑胡都茶客微醒，细寻寻思思双生双生，你可闪下苏卿？

其三

弊裘尘土压征鞍鞭倦袅芦花。弓剑萧萧，一竟入烟霞。动羁怀西风禾黍秋水蒹葭。千点万点老树寒鸦。三行两行写高寒呀呀雁落平沙。曲岸西边近水涡鱼网纶竿钓艖。断桥东下傍溪沙疏篱茅舍人家。见满山满谷，红叶黄花。正是凄凉时候，离人又在天涯！

[正宫] 塞鸿秋 ①

其一

门前五柳 ② 侵江路，庄儿紧靠白蘋渡 ③。除 ④ 彭泽县令无心做，渊明老子达时务。频将浊酒沽，识破兴亡数。醉时节笑捻 ⑤ 着黄花去。

其二

雨余梨雪 ⑥ 开香玉 ⑦，风和柳线摇新绿。日融桃锦堆红树，烟迷苔色铺青褥。王维 ⑧ 旧画图，杜甫 ⑨ 新诗句。怎相逢不饮空归去。

其三

金谷园那得三生富，铁门限 ⑩ 枉作千年妒。汨罗江空把三闾污，北邙山谁是千钟禄 ⑪。想应陶令杯 ⑫，不到刘伶墓。怎相逢不饮空归去。

---

① 塞鸿秋：郑光祖作《正宫·塞鸿秋》共三首。

② 五柳：晋代陶渊明曾作《五柳先生传》自述，后便以"五柳"指代隐士居所。

③ 白蘋渡：指长满白蘋的渡口。

④ 除：任命官职。

⑤ 捻：拿着。

⑥ 梨雪：如雪般洁白的梨花。

⑦ 香玉：有香气的玉。比喻花瓣。

⑧ 王维：唐代诗人，字摩诘，擅长山水诗画。宋代苏轼《东坡题跋·书摩诘〈蓝田烟雨图〉》赞曰："味摩诘之诗，诗中有画；观摩诘之画，画中有诗。"

⑨ 杜甫：唐代诗人，字子美，号少陵野老。其诗文严谨工整却毫不生硬，创律诗、乐府新意。

⑩ 铁门限：用铁皮包着的门槛。唐代李绰《尚书故实》记载，南朝智永禅师以书法著名，向他讨字的人很多，门槛都被踩穿了，须用铁皮包起来。此句意为热闹不常有。

⑪ 千钟禄：指高官厚禄。

⑫ 陶令杯：陶渊明喜饮酒，故称酒杯为"陶令杯"，隐含归隐意。

刘庭信

[正宫] 醉太平

忆旧

泥金小简，[①] 白玉连环，[②] 牵情惹恨两三番。好光阴等闲。景阑珊绣帘风软杨花散，泪阑干[③]绿窗雨洒梨花绽，锦斓斑[④]香闺春老杏花残，奈薄情未还。

---

① 泥金小简：用金粉装饰的简短书信。此指女子寄给男方的信。

② 白玉连环：用白玉串成的项链。此指男方寄回的信物。

③ 阑干：眼泪横流的样子。

④ 斓斑：锦帛色彩错杂，美艳动人，此处暗指美人已迟暮。

[正宫] 塞鸿秋

悔悟

苏卿写下金山恨，双生得个风流信。[①] 亚仙不是夫人分，元和终受十年困。[②] 冯魁到底村[③]，双渐从来嫩[④]，思量惟有王魁俊。

----

①"苏卿"两句：指宋元年间流传甚广的苏小卿和双渐的爱情故事，其中有苏小卿在金山书院留信给双渐的情节，信中写下了她被茶商冯魁买走的痛苦和离恨。

②"亚仙"两句：亚仙指唐代妓女李娃。唐代白行简《李娃传》记载了李娃与郑生的爱情故事，两人开始受郑生父亲的阻挠不能成婚，后经历磨难终成夫妇。

③村：粗野、粗俗。

④嫩：年幼。

[越调] 寨儿令

戒嫖荡①

其二

没算当，不斟量，舒着乐心钻套项②。今日东墙③，明日西厢④，着你当不过连珠箭急三枪⑤。鼻凹里抹上些砂糖，舌尖上送与些丁香。假若你便铜脊梁，者莫⑥你是铁肩膀，也擦磨成风月担儿疮⑦。

其五

搭扶定，推磨杆，⑧寻思了两三番。把郎君几曾是人也似看？只争不背上驮鞍，口内衔环，脖项上把套头拴。⑨咫尺⑩的月缺花残，滴溜⑪着枕冷衾寒。早回头寻个破绽，没忽的⑫得些空闲，荒⑬撇下风月担儿趄⑭。

其十一

掂折了玉簪，摔碎了瑶琴，若提着娶呵我到碜⑮。一去无音，那里荒淫，抛闪⑯我到如今。他咱行⑰无意留心，咱他行白甚情深。则不如把花笺糊了线贴，裁罗帕补了鸳衾，剪下的青丝发换了钢针。

---

①戒嫖荡：刘庭信以此题作《越调·寨儿令》共十五首，此处选录其中三首。该曲主旨意在劝人，用语虽略显粗俗直描，但也客观反映了元代社会不良风气的盛行。

②套项：农民在牵引牲口时使用的一种农具。在这里指圈套。

③东墙：用《东墙记》典故。书生马文辅与邻家女儿董秀英自幼有婚约，二人相见后有情，侍女梅香代传书信，约在花园相会，为董母撞见，董母命文辅赴京应试得中二人才可成婚。

④西厢：用张生与崔莺莺相爱的典故。唐代元稹《莺莺传》写两人欲相会，莺莺写诗笺与张生："待月西厢下，迎风半户开。隔墙花影动，疑是玉人来。"张生赴约。王实甫据此故事写成杂剧《西厢记》。散曲中常用"东墙""西厢"指私下幽会，此处皆指进妓院。

⑤连珠箭急三枪：比喻数次嫖狎。

⑥ 者莫：也作"者磨""者末"，尽管、即使。元代俗语。

⑦ 风月担儿疮：指因嫖妓染病。

⑧ 搭扶定，推磨杆：倚着物体伏趴，推起石磨杆。

⑨ "只争"三句：只争，就差，只是还没。这几句把男子比作牲口，意思是被老鸨和妓女骗得团团转。

⑩ 咫尺：很近，也可指很快。

⑪ 滴溜：很快地，一转眼。

⑫ 没忽的：一下子。

⑬ 荒：同"慌"，急忙。

⑭ 赸（shàn）：离开。指妓女另寻嫖客。

⑮ 磣：难堪。

⑯ 抛闪：舍弃、抛弃。

⑰ 他咱行：他那里。咱，于自称或称人时用于词尾。"他咱"即他，"你咱"即你。

[双调] 折桂令

忆别①

其二

想人生最苦离别。三个字细细分开，凄凄凉凉无了无歇。别字儿半晌痴呆，离字儿一时拆散，苦字儿两下里堆叠。他那里鞍儿马儿身子儿劣怯②，我这里眉儿眼儿脸脑儿乜斜^③。侧着头叫一声行者^④，搁着泪^⑤说一句听者：得官时先报期程，丢丢抹抹^⑥远远的迎接。

其四

想人生最苦离别。雁杳鱼沉，信断音绝。娇模样甚实曾丢抹，好时光谁曾受用，穷家活逐日绷拽^⑦。才过了一百五日上坟的日月，^⑧早来到二十四夜祭灶的时节。^⑨笃笃寞寞^⑩终岁巴结，孤孤另另彻夜咨嗟^⑪。欢欢喜喜盼的他回来，凄凄凉凉老了人也。

其九

想人生最苦别离。不甫能^⑫喜喜欢欢，翻做了哭哭啼啼。事到今朝，休言去后，且问归期。看时节勤勤的饮食，沿路上好好的将息。娇滴滴一捻儿^⑬年纪，碜磕磕两下里分飞。急煎煎^⑭盼不见雕鞍，呆答孩^⑮软弱身己。

---

①忆别：刘庭信在该题下作《双调·折桂令》共十二首，此处选录其中三首。

②劣怯：同"趔趄"，身体歪斜，不自然地一俯一仰。指虚弱的样子。

③乜（miē）斜：也作"乜邪"。眼睛眯成一条缝并斜着看人。指痛苦的神态。

④ 行者：送别的话，去吧、走吧。

⑤ 搁着泪：忍着泪。

⑥ 丢丢抹抹：精心打扮。

⑦ 绷拽：拉扯。

⑧ "一百五日"句：指清明节，正是冬至后第一百零五日。

⑨ "二十四夜"句：指腊月二十四祭灶。

⑩ 笃笃寞寞：盘盘旋旋，转来转去。元代俗语。

⑪ 咨嗟：叹息。

⑫ 不甫能：刚刚、才能够。一作"不付能"。不，语助词，无义。

⑬ 一捻儿：一点儿。元代俗语。

⑭ 急煎煎：急急忙忙。元代俗语。

⑮ 呆答孩：发呆的样子。元代俗语。

汪元亨

[正宫] 醉太平

警世 ①

其一

辞龙楼凤阙 ②，纳 ③ 象简乌靴 ④。栋梁材取次 ⑤ 尽摧折，况 ⑥ 竹头木屑。结知心朋友着疼热，遇忘怀诗酒追欢悦，见伤情光景放痴呆 ⑦。老先生 ⑧ 醉也！

其二

憎苍蝇竞血，恶黑蚁争穴。急流中勇退是豪杰，不因循苟且。叹乌衣一旦非王谢，怕青山两岸分吴越，⑨ 厌红尘万丈混龙蛇 ⑩。老先生去也！

其四

度流光电掣，转浮世风车。⑪ 不归来到大是痴呆，添镜中白雪。天时凉捻指 ⑫ 天时热，花枝开回首花枝谢，日头高眨眼日头斜。老先生悟也！

其七

源流来俊杰，骨髓里骄奢。⑬ 折垂杨几度赠离别，少年心未歇。吞绣鞋撑的咽喉裂，掷金钱踅的身躯趄，骗粉墙掂的腿脡折。⑭老先生害也！

---

①**警世**：汪元亨以此为题，作《正宫·醉太平》共二十首，此处选录四首。

②**龙楼凤阙**：指朝廷。

③**纳**：缴纳，归还。

④**象简乌靴**：即象笏和官靴。

⑤**取次**：随便、任意。

⑥**况**：何况。

⑦**放痴呆**：放情。肆意地装作痴傻状。

⑧**老先生**：唐宋以来，称呼达官贵人为"老先生"，元代称京官为"老先生"。这里是自称。

⑨**"青山"句**：春秋时期，吴越争霸，领土疆域也时常变化。

⑩**万丈混龙蛇**：群雄迭起，一片纷争之状。

⑪**"度流光电掣"两句**：形容时光飞逝，人间轮回。

⑫**捻指**：一如"弹指"，形容很短的时间。

⑬**"源流来"两句**：那些身居高位的人，表面上是根源清白的俊杰，其实骨子里是骄奢淫逸之辈。

⑭**"吞绣鞋"三句**：皆指因狎妓享乐而身体亏损的样子。踅（xué），折回、旋转。掂，同"踮"，踮脚。腿脡（tǐng）折，腿部肌肉磨损。

[双调] 沉醉东风

归田 ①

其二

远城市人稠物穰 ②，近村居水色山光。熏陶成野叟情，铲削去时官样 ③，演习会牧歌樵唱。老瓦盆边醉几场，不撞入天罗地网 ④。

其六

籴 ⑤ 陈稻新春细米，采生蔬熟做酸齑。凤栖杀凰莫飞，龙卧死虎休起。不为官那场伶俐 ⑥，槿树花攒绣 ⑦ 短篱，到胜似门排画戟 ⑧。

---

① 归田：汪元亨以此为题作《双调·沉醉东风》共二十首，此处选录两首。

② 人稠物穰：人口众多，物产丰盛。形容一片繁荣昌盛的景象。

③ 时官样：时下官场的模样。

④ 天罗地网：比喻无处可逃的官场。

⑤ 籴（dí）：买入粮食。

⑥ 伶俐：干净、爽快。

⑦ 攒绣：编在一起。

⑧门排画戟：唐代时三品以上之官皆列画戟于门，以为仪饰。后泛称显贵之家。

[双调] 折桂令

归隐①

其二

避风波跳出尘寰，抗疏②休官，倜傥归山。省两脚干忙，把寸心常静，遣两鬓迟斑。向花柳追游过眼，共知音谈笑开颜。天运循环，人事艰难，怡老乡园，罢念长安。③

其二十

二十年尘土征衫，铁马金戈，火鼠冰蚕。④心不狂谋，言无妄发，事已多谙⑤。黑似漆前程黯黯，白如霜衰鬓斑斑。气化相参，谲诈难甘。⑥冷笑渊明，⑦高访图南⑧。

① 归隐：汪元亨以此为题作《双调·折桂令》共二十首，此处选录两首。

② 疏：上奏章。

③ 罢念长安：不想念都城，意为不眷恋官场。

④ 火鼠冰蚕：传说中的神奇动物。火鼠毛制作的火浣布不怕火

烧，冰蚕丝织物不会被水沾湿。这里是指军中生活历经酷暑严寒。

⑤谙（ān）：熟悉、精通。

⑥"气化相参"二句：世间生死转换，只遇到谲诡狡诈的事情难以甘心。气化，泛指阴阳之气化生万物。谲（jué）诈，谲诡狡诈。

⑦冷笑渊明：为"渊明冷笑"之倒装，一作"笑取琴书"。

⑧图南：陈抟，字图南。此句一作"去访图南"。

[中吕] 朝天子

归隐①

其二

长歌咏楚辞，细赓和②杜诗，闲临写羲之字。乱云堆里结茅茨③，无意居朝市。珠履三千，④金钗十二，⑤朝承恩暮赐死。采商山紫芝，⑥理桐江钓丝，⑦毕罢了功名事。

其五

荣华梦一场，功名纸半张，是非海波千丈。马蹄踏碎禁街⑧霜，听几度头鸡唱⑨。尘土衣冠，江湖心量。出皇家麟凤网⑩，慕夷齐首阳⑪，叹韩彭未央⑫。早纳纸风魔状。⑬

①归隐：汪元亨以此为题作《中吕·朝天子》共二十首，此处选录两首。

②赓（gēng）和：继续用他人韵作诗或唱和。

③茅茨：也作"茆茨"。茅草盖的屋顶，指茅屋。

④珠履三千：《史记·春申君列传》记载，战国时楚国公子"春申君客三千余人，其上客皆蹑珠履"。形容贵族之豪奢。

⑤金钗十二：出自南朝梁武帝萧衍《河中之水歌》："头上金钗十二行，足下丝履五文章。"原形容妇女头上首饰多。后有唐代牛僧孺家有金钗十二行的说法，指姬妾多。

⑥采商山紫芝：指商山四皓。秦末汉初的东园公、甪（lù）里先生、绮里季和夏黄公四位高士，隐居在商山（今陕西商洛），眉皓发白，故称"商山四皓"。刘邦久闻大名，曾请他们出山为官，遭到拒绝。

⑦理桐江钓丝：指东汉严子陵。

⑧禁街：即御街。都城中通往皇宫的街道。

⑨头鸡唱：指朝臣为了上朝需要在每天鸡第一次叫的时候就起床出门，非常辛苦。

⑩麟凤网：招揽人才的罗网，即官场。麟凤，麒麟和凤凰，比喻才智出众的人。

⑪夷齐首阳：指伯夷、叔齐不食周粟，隐居首阳山的典故。

⑫韩彭未央：指汉代开国功臣韩信、彭越在汉朝建立后被吕后谋害的典故。未央，指汉代未央宫，是汉代朝见的宫殿。

⑬早纳纸风魔状：指汉初蒯通为了避祸装疯卖傻的典故。

周德清

﹝中吕﹞喜春来

春晚

镫挑斜月明金鞯，① 花压春风短帽檐，谁家帘影玉纤纤？粘翠靥，② 消息③露眉尖。

---

①"镫（dèng）挑"句：指女子在夜半时分备马出门赴约，月光照得马镫和鞍鞯闪亮。镫，挂在马鞍两旁的脚踏。鞯（chàn），也称"韂"，马鞍下面垫的东西，垂在马背两旁可以挡泥土。

②粘翠靥：指女子面部贴着翠钿装饰。

③消息：征兆、端倪。这里指女子要与男子见面喜不自胜的神情。

﹝中吕﹞喜春来

别情

月儿初上鹅黄柳，燕子先归翡翠楼，梅魂休暖凤香篝。①人去后，鸳被冷堆愁。

①"梅魂"句：冬天逝去，梅花只剩一缕残魂，已经不必再用暖炉取暖了。指爱人离去，心灰意冷。凤香篝，熏笼的雅称。

任 昱

[中吕]红绣鞋

春情

暗朱箔①雨寒风峭，试罗衣玉减香销②，落花时节怨良宵。银台灯影淡，绣枕泪痕交，团圆春梦少。

---

① 朱箔：红色的华美窗帘。
② 玉减香销：指女子因相思而消瘦。

[南吕]金字经

湖上僧寺

竹雨侵窗润，松风吹面寒，云母屏①开非世间②。闲，不知名利难；凭阑看，夕阳山外山③。

---

① 云母屏：云母为花岗岩主要成分，可作屏风，光泽艳丽。
② 非世间：指景色空奇，不似人间。
③ 山外山：喻指除开眼前，还有更艰难的。

［南昌］金字经

重到湖上

碧水寺边寺，绿杨楼外楼，^①闲看青山云去留。鸥，飘飘随钓舟；今非旧，对花一醉休。^②

---

①绿杨楼外楼：化用自林升《题临安邸》："山外青山楼外楼，西湖歌舞几时休。"原为讽刺之意，这里只用其形式，寓意并无讽刺。

②对花一醉休：指与美人对饮，直到醉了方休。休，罢了。

［南昌］金字经

秋宵宴坐

秋夜凉如水，^①天河白似银，风露清清湿簟纹。论，半生名利奔；窥吟鬓^②，江清月近人。^③

---

①秋夜凉如水：化用自唐代杜牧《秋夕》："天阶夜色凉如水，卧看牵牛织女星。"

②吟鬓：诗人的鬓发。

③江清月近人：引用自唐代孟浩然《宿建德江》："野旷天低树，江清月近人。"

李致远

[中吕] 红绣鞋

晚秋

梦断陈王罗袜，^①情伤学士琵琶，^②又见西风换年华。数杯添泪酒，几点送秋花，行人天一涯。

---

① 梦断陈王罗袜：出自三国魏曹植《洛神赋》："凌波微步，罗袜生尘。"是说洛神可望不可即。这里指离开家乡前感到前途难测。陈王，指曹植。

② 情伤学士琵琶：指唐代白居易《琵琶行》："座中泣下谁最多，江州司马青衫湿。"作者自比白居易，有感于"同是天涯沦落人"，言将客居他乡，未来命途难料。

[越调] 天净沙

春闺情

画楼徙倚^①阑杆，粉云吹做修鬟^②，璧月低悬玉弯。落花懒慢，罗衣特地^③春寒。

① 徙倚：徘徊，流连不去的样子。指女子怀有思春之心。

② 修鬟：美丽的环状发髻。指白天的云的样子。

③ 特地：也作"特的"，突然、忽然。

[越调] 小桃红

碧桃

秾华①不喜污天真②，玉瘦东风困，③汉阙佳人足风韵。唾成痕，④翠裙剪剪⑤琼肌嫩。高情⑥厌春⑦，玉容含恨，不赚⑧武陵人⑨。

① 秾（nóng）华：繁盛艳丽的桃花。

② 天真：谓事物的天然性质或本来面目。

③ 玉瘦东风困：比喻桃花春风一来便要走向枯萎凋谢。

④ 唾成痕：指桃胶渗出，痕迹留在枝干上。

⑤ 翠裙剪剪：碧绿的桃叶好像修剪过一般整齐。

⑥ 高情：深情。

⑦ 厌春：满足于春天。厌，满足。

⑧ 不赚：不骗。

⑨ 武陵人：晋代陶渊明《桃花源记》中有武陵人误入桃花源，出去后，回来再找却遍寻不到那世外桃源了。

薛昂夫

[双调] 湘妃怨

集句 ^①

几年无事傍江湖，醉倒黄公旧酒垆。^②人间纵有伤心处，也不到刘伶坟上土，^③醉乡中不辨贤愚。对风流人物，看江山画图，^④便醉倒何如！

---

①集句：为元曲的一种巧体，即从前人的诗文中集来诗句组成新篇。

②"几年"两句：出自唐代陆龟蒙《和袭美春夕酒醒》。黄公旧酒垆，魏晋年间有一卖酒人叫黄公。《世说新语·伤逝》曾载，王戎曾与好友嵇康、阮籍在黄公的酒馆饮酒，二友去世，王戎再次经过时想到故友，感慨万千。

③"也不到"句：出自唐代李贺《将进酒》："劝君终日酩酊醉，酒不到刘伶坟上土。"《晋书·刘伶传》记载："常乘鹿车，携一壶酒，使人荷锸而随之，谓曰：'死便埋我。'"

④"对风流"两句：出自宋代苏轼《念奴娇》："大江东去，浪淘尽，千古风流人物"，"江山如画，一时多少豪杰"。

[双调] 殿前欢①

夏

柳扶疏，玻璃万顷浸冰壶，②流莺声里笙歌度。士女相呼，有丹青画不如。迷归路，又撑入荷深处。③知他是西湖恋我，我恋西湖？

冬

捻冰髭，绕孤山④枉了费寻思，自逋仙⑤去后无高士。冷落幽姿，道梅花不要诗。休说推敲字，⑥效杀颦难似。⑦知他是西施笑我，我笑西施？

---

①殿前欢：薛昂夫以四季为题作《双调·殿前欢》，此为夏、冬两首，余见篇后附录。

②"玻璃万顷"句：清静如玻璃般的阔大湖面上映照着皎洁的月亮。

③"迷归路"两句：化用自宋代李清照《如梦令》："常记溪亭日暮，沉醉不知归路。兴尽晚回舟，误入藕花深处。"

④孤山：用林逋隐居之典。一二句意为作者在林逋久居处徘徊思索，而并不能作出更好的咏梅诗。

⑤逋仙：对林逋的尊称。

⑥休说推敲字：指唐代贾岛与韩愈斟酌诗句提炼用字的典故。

⑦效杀颦难似：指东施效颦的典故。

〔双调〕殿前欢

春

据危阑，看浮屠双耸倚高寒，鳞鳞万瓦连霄汉。俯视尘寰，望飞来紫翠间。云初散，放老眼情无限。知他是西山傲我，我傲西山？

秋

洞箫歌，问当年赤壁乐如何，比西湖画舫争些个？一样烟波，有吟人景便多。四海诗名播，千载谁酬和？知他是东坡让我，我让东坡？

〔双调〕殿前欢

醉归来，袖春风下马笑盈腮。笙歌接到朱帘外，夜宴重开。十年前一秀才，黄齑菜，打熬到文章伯①。施展出江湖气概，抖擞出风月情怀。

---

① 文章伯：对文章大家的尊称。

[双调] 庆东原

西皋亭适兴 ①

其二

兴为催租败，② 欢因送酒来。③ 酒酣时诗兴依然在。黄花又开，朱颜未衰，正好忘怀。管甚有监州，不可无螃蟹。④

---

① 西皋亭适兴：薛昂夫在此题下作《双调·庆东原》共四首，此为其二，余见篇后附录。西皋亭，皋亭山位于浙江杭县东北，作者应曾居于西麓。

② 兴为催租败：宋代潘大林曾得一佳句"满城风雨近重阳"，但因房主突然来催租而败兴，未能完成整篇。

③ 欢因送酒来：东晋王弘着白衣给陶渊明送酒的典故。

④ "管甚有监州"两句：化用自宋代苏轼《金门寺中见李西台与二钱唱和四绝句》："欲问君王乞符竹，但忧无蟹有监州。"意思是官场名利皆不如有花有蟹的闲适生活。

〔双调〕庆东原

西皋亭适兴

其一

晓雨登高骡，西风落帽羞，蟹肥时管甚黄花瘦。红裙谩讴，青樽有酒，白发无愁。晚节傲清霜，老圃香初透。

其三

秋霁黄花喷，霜明红叶新，锦橙香紫蟹添风韵。斜依翠屏，重铺绣茵，闲坐红裙。老遇太平时，行到风流运。

其四

青镜看勋业，黄金买笑谈，锦衣荣休笑明珠暗。调羹鼎咸，攒斋瓮甘，世味都谙。少室价空高，老圃秋容淡。

[双调] 楚天遥带清江引①

其一

花开人正欢，花落春如醉。春醉有时醒，人老欢难会。一江春水流，万点杨花②坠。谁道是杨花，点点离人泪。③　回首有情风万里，渺渺天无际。愁共海潮来，潮去愁难退，④更那堪晚来风又急。⑤

其二

屈指数春来，弹指⑥惊春去。蛛丝网落花，也要留春住。几日喜春晴，几夜愁春雨。六曲小山屏，⑦题满伤春句。　春若有情应解语⑧，问着无凭据。江东日暮云，渭北春天树，不知那答儿是春住处？

其三

有意送春归，无计留春住。⑨明年又着来，何似休归去？桃花也解愁，点点飘红玉。目断楚天⑩遥，不见春归路。　春若有情春更苦，暗里韶光⑪度。夕阳山外山，春水渡旁渡，⑫不知那答儿是春住处？

①楚天遥带清江引：也作"楚天遥过清江引"，是为带过曲。薛昂夫作此曲共三首。

②杨花：指柳絮。

③"谁道是"两句：化用自宋代苏轼《水龙吟·次韵章质夫杨花词》："细看来，不是杨花，点点是离人泪。"

④"回首有情"四句：化用自苏轼《八声甘州·寄参寥子》："有情风万里卷潮来，无情送潮归。"

⑤"更那堪"句：化用自宋代李清照《声声慢·寻寻觅觅》："三杯两盏淡酒，怎敌他、晚来风急？"

⑥弹指："一弹指"的略语，本为佛家用语，指时间短暂。

⑦六曲小山屏：可开合的六折山水画屏。六曲，指屏风一共六扇。

⑧解语：领会，善解意。

⑨无计留春住：化用自宋代欧阳修（一说冯延巳作）《蝶恋花》："雨横风狂三月暮，门掩黄昏，无计留春住。"

⑩楚天：南天，因为楚在南方。泛指天空。

⑪韶光：美好的时光，也指春光。

⑫"夕阳山外山"两句：化用自宋代戴复古《世事》："春水渡傍渡，夕阳山外山。"

[中吕]山坡羊

述怀

惊人学业，掀天势业①，是英雄隽②败残杯炙③。鬓堪嗟，雪难遮。④晚来览镜中肠热，问着老夫无话说。

东，沉醉也；西，沉醉也。

---

① 势业：权位。

② 隽（jùn）：同"俊"，俊杰。

③ 残杯炙：残杯冷炙。这里比喻他人施舍的东西。

④ "鬓堪嗟"两句：鬓角雪白难以遮盖，指年岁已高。

[中吕] 山坡羊

大江东去，^①长安^②西去，为功名走遍天涯路。厌舟车，^③喜琴书。^④早^⑤星星鬓影^⑥瓜田暮^⑦，心待^⑧足时名便足。高，高处苦；低，低处苦。^⑨

---

① 大江东去：出自宋代苏轼《念奴娇》："大江东去，浪淘尽，千古风流人物。"说明时间逝去，英雄已垂暮。

② 长安：代指都城。

③ 厌舟车：意为厌倦为了求官出仕而奔走的生活。

④ 喜琴书：出自东晋陶渊明《归去来兮辞》："悦亲戚之情话，乐琴书以消忧。"意为喜欢归隐生活。

⑤ 早：已经。

⑥ 星星鬓影：出自左思《白发赋》："星星白发，起于鬓垂。"

⑦ 瓜田暮：用邵平种瓜的典故，言归隐已晚。

⑧待：将要。

⑨高、低：官职高低。

[中吕] 山坡羊

西湖杂咏 ①

春

山光如淀②，湖光如练，一步一个生绡面③。叩逋仙，访坡仙④，拣西湖好处都游遍，管甚月明归路远。船，休放转⑤；杯，休放浅。

夏

晴云轻漾，薰风⑥无浪，开樽⑦避暑争相向。映湖光，逞⑧新妆，笙歌鼎沸南湖荡，今夜且休回画舫。风，满座凉；莲，入梦香。

---

①西湖杂咏：薛昂夫在此题下作《中吕·山坡羊》共四首，分咏四季，此为春、夏两首，余见篇后附录。

②淀：同"靛"，蓝青色染料。

③生绡面：画面，指美景。生绡，生丝织成的绢布，古人用来作画。

④ **坡仙**：指宋代苏轼，号东坡，在杭州做官时修苏堤，解水患，造福一方。

⑤ **转**：回转。

⑦ **薰风**：和暖的风。

⑦ **开樽**：也作"开尊"，即开始举杯（饮酒）。

⑧ **逞**：施展、炫耀。

〔中吕〕山坡羊

西湖杂咏

秋

疏林红叶，芙蓉将谢，天然妆点秋屏列。断霞遮，夕阳斜，山腰闪出闲亭榭，分付画船且慢者。歌，休唱彻；诗，乘兴写。

冬

彤云叆叇，随车缟带，湖山化作瑶光界。且传杯，莫惊猜，是西施傅粉呈新态，千载一时真快哉！梅，也绽开；鹤，也到来。

[正宫] 塞鸿秋

功名万里^①忙如燕，斯文^②一脉微如线。光阴寸隙^③流如电，风霜两鬓白如练。尽道便休官，林下何曾见？^④至今寂寞彭泽县。^⑤

---

① 功名万里：指东汉班超在西域立功封侯的典故。

② 斯文：出自《论语·子罕》："天之将丧斯文也，后死者不得与于斯文也。"意思是儒家所追求的，指礼乐教化、典章制度。

③ 光阴寸隙：出自《庄子·知北游》："人生天地之间，若白驹之过隙。"形容时间过得飞快。

④ "尽道便休官"两句：化用自唐代僧人灵澈《东林寺酬韦丹刺史》："相逢尽道休官好，林下何曾见一人。"意思是都说辞官归隐好，山林中却很少见到隐居之人。

⑤ "至今"一句：彭泽县，指陶渊明。此句言外之意是归隐的人很少。

[正宫] 塞鸿秋

凌歊台①怀古

凌歊台畔黄山铺②，是三千歌舞③亡家处。望夫山下乌江渡④，是八千子弟⑤思乡处。江东日暮云，渭北春天树，⑥青山太白坟⑦如故。

---

① 凌歊（xiāo）台：又作陵歊台，遗址位于今安徽当涂县。相传为南朝宋武帝刘裕所建。此为作者想象登临凌歊台四望怀古。

② 铺：驿站。

③ 三千歌舞：出自唐代许浑《凌歊台》："宋祖凌高乐未回，三千歌舞宿层台。"

④ 乌江渡：楚汉相争时，项羽落败，曾退至乌江边，自觉无颜面对江东父老而自刎。这里是想象，乌江渡位于安徽和县。

⑤ 八千子弟：指跟随项羽从江东出征的士兵。

⑥ "江东"两句：化用自唐代杜甫《春日忆李白》："渭北春天树，江东日暮云。"

⑦ 青山太白坟：指李白的坟墓在安徽当涂的青山西北。

邓玉宾

[正宫] 叨叨令

道情①

其二

一个空皮囊包裹着千重气，②一个干骷髅顶戴着十分罪。③为儿女使尽了拖刀计④，为家私费尽些担山力⑤。您省⑥的也么哥，您省的也么哥，这一个长生道理何人会⑦？

其四

白云深处青山下，茅庵草舍无冬夏。闲来几句渔樵话，困来一枕葫芦架。您省的也么哥，您省的也么哥？煞强如⑧风波千丈担惊怕。

---

①道情：邓玉宾以此题作《正宫·叨叨令》共四首，此为其二、其四，余见篇后附录。

②"空皮囊"句：言人的身体内部没什么东西，只不过是层层叠叠的气。比喻人生虚幻。皮囊，佛教用语，比喻人体躯壳，代指人的身体。

③"干骷髅"句：言人活着什么都没有，但饱含痛苦。骷髅，干枯的人体骨架，也指人的身体。罪，苦难、痛苦。

④拖刀计：古代小说中指武将假装败走，将刀垂下，乘敌不备而突然回头攻击之计。在此指使尽了各种计谋。

⑤担山力：神话传说二郎神曾担山赶太阳，比喻超乎寻常的神奇力量。这里指为了积攒家业费尽全部力气。

⑥省（xǐng）：醒悟，明白。

⑦会：理解，领悟。

⑧煞强如：确实胜过，远远超过。

〔正宫〕叨叨令

道情

其一

想这堆金积玉平生害，男婚女嫁风流债。鬓边霜头上雪是阎王怪，求功名贪富贵今何在？您省的也么哥，您省的也么哥？寻个主人翁早把茅庵盖。

其三

天堂地狱由人造，古人不肯分明道。到头来善恶终须报，只争个早到和迟到。您省的也么哥，您省的也么哥？休向轮回路上随他闹。

[双调] 雁儿落带过得胜令 ①

闲适

其二

乾坤一转丸，② 日月双飞箭。③ 浮生④ 梦一场，世事云千变。　　万里玉门关，七里钓鱼滩。晓日长安近，⑤秋风蜀道难。⑥休干⑦，误杀英雄汉；看看，星星两鬓斑。

---

① 雁儿落带过得胜令：是为带过曲。一说为邓玉宾之子所作；一说为邓玉宾所作，因其弃官修道后自号"玉宾子"，故作品署名"邓玉宾子"。"闲适"题下共三首，此为其二，余见篇后附录。

② 乾坤一转丸：将天地比喻为一颗永恒转动的弹丸，意思是时光流转，变幻不定。乾坤，《易经》八卦中的两卦，乾为天，坤为地。

③ 日月双飞箭：将流转的日月比作一双互相飞的箭矢，比喻光阴似箭。

④ 浮生：指短暂虚幻的人生。

⑤ 晓日长安近：意为长安离皇帝与朝堂极近，仕途畅通。晓日，代指皇帝。

⑥ 秋风蜀道难：用唐代李白《蜀道难》的典故，表达仕途坎坷。

⑦ 干（gān）：追求、求取，指追求职位俸禄。

〔双调〕雁儿落带过得胜令

闲适

其一

穷通一日恩，好弱十年运。身闲道义尊，心远山林近。　　尘世不同群，惟与道相亲。一钵千家饭，双凫万里云。经纶，斗许黄金印；逡巡，回头不见人。

其三

晴风雨气收，满眼山光秀。寻苗枸杞香，曳杖桃榔瘦。　　识破抱官囚，谁更事王侯？甲子无拘击，乾坤只自由。无忧，醉了还依旧；归休，湖天风月秋。

查德卿

[仙吕] 寄生草

感叹

姜太公贱卖了磻溪岸^①，韩元帅^②命博得拜将坛。羡傅说^③守定岩前版，叹灵辄^④吃了桑间饭，劝豫让^⑤吐出喉中炭。如今凌烟阁^⑥一层一个鬼门关，长安道^⑦一步一个连云栈^⑧。

---

① 磻（pán）溪岸：位于今陕西宝鸡，是渭水支流，相传为周时姜太公隐居垂钓之地，在此遇周文王而出仕。此句意为姜太公出仕，背离了隐居之心。

② 韩元帅：指汉代韩信。此句意为韩愈以命相搏，才得以被设坛拜将。

③ 傅说（yuè）：商代贤相，相传他隐居在傅岩（位于今山西平陆）筑版为生，商高宗在此访得他，拜为宰相。

④ 灵辄：春秋时晋国人，曾在桑阴下饿倒，被晋大夫赵宣子舍饭搭救，后为晋灵公的勇士。在晋灵公要杀赵宣子时倒戈相救。

⑤ 豫让：战国时晋国人。曾投在晋国智伯门下，很受赏识。

赵襄子灭智伯，豫让浑身涂漆，灭须去眉，吞炭致哑，想要行刺赵襄子为智伯报仇。

⑥凌烟阁：唐太宗曾将二十四位功臣的画像置于凌烟阁。

⑦长安道：通往京城之路，泛指仕途。

⑧连云栈：古代栈道名，位于今陕西汉中，是川陕间的通道，十分难行。

[仙吕]寄生草

间别①

姻缘簿②剪做鞋样，比翼鸟③搏了翅翰④。火烧残连理枝⑤成炭，针签⑥瞎比目鱼儿眼，手揉碎并头莲⑦花瓣。掷金钗擗⑧断凤凰头，绕池塘捽⑨碎鸳鸯弹。

①间别：分手，别离。

②姻缘簿：指注定男女姻缘的名册。

③比翼鸟：传说中的一种雌雄在一起才能飞的鸟，比喻夫妻恩爱。

④搏了翅翰：失去了翅膀。

⑤连理枝：两树枝条相连。比喻夫妻恩爱。

⑥签：刺，扎。

⑦并头莲：并排长在同一茎条上的两朵莲花。比喻男女好合或夫妻恩爱。

⑧撷（xié）：摘下，取下。

⑨捽（zuó）：抓、揪。

[仙吕]一半儿

拟美人八咏

春梦

梨花云绕①锦香亭，蝴蝶春融软玉屏②，花外鸟啼三四声。梦初惊，一半儿昏迷一半儿醒。

春困

琐窗③人静日初曛④，宝鼎香消火尚温，斜倚绣床深闭门。眼昏昏，一半儿微开一半儿盹。

春妆

自将杨柳品题人，⑤笑捻花枝比较春，输与海棠三四分。再偷匀⑥，一半儿胭脂一半儿粉。

春愁

厌听野鹊语雕檐，怕见杨花扑绣帘，拈起绣针还倒拈。两眉尖，一半儿微舒一半儿敛。

春醉

海棠红晕润初妍⑦，杨柳纤腰舞自偏，笑倚玉奴⑧娇欲眠。粉郎前，一半儿支吾一半儿软。

春绣

绿窗时有唾茸⑨粘，银甲频将彩线拎⑩，绣到凤凰心自嫌。按春纤，一半儿端相⑪一半儿掩。

春夜

柳绵扑槛晚风轻，花影横窗淡月明，翠被麝兰熏梦醒。最关情⑫，一半儿温馨一半儿冷。

春情

自调花露染霜毫，一种春心无处托，欲写写残三四遭。絮叨叨，一半儿连真⑬一半儿草。

---

① 梨花云绕. 形容梨花极多，像云一般围绕在锦香亭。

② 软玉屏：可折叠的屏风，其上画有春色，惹得蝴蝶飞来。

③ 琐窗：镂刻有连锁图案的窗棂，此指闺阁。

④ 曛：黄昏。

⑤ "自将杨柳"句：自己将柳树作为点评花与人谁美的品评人。引出下几句女子与花比美的过程。

⑥ 偷匀：暗自抹胭脂。

⑦妍：美丽。

⑧玉奴：南朝齐东昏侯妃潘氏，小名玉儿，诗词中多称"玉奴"。唐代贵妃杨玉环也自称玉奴。这里指侍女。

⑨唾茸：也作"唾绒"，指古代妇女刺绣停针换线、咬断绣线时，将口中沾留的线绒吐出。这里指吐出的刺绣线头。

⑩挦（xián）：扯、拔。

⑪端相：细看、端详。

⑫关情：牵动情绪。

⑬连真：连写的真书（楷书），此指行书。

吴西逸

[双调] 殿前欢

和阿里西瑛 ^①

其三

懒云巢 ^②，碧天无际雁行高。玉箫鹤背青松道， ^③ 乐笑游遨。溪翁解冷淡嘲， ^④ 山鬼放揶揄笑， ^⑤ 村妇唱糊涂调。风涛险 ^⑥ 我，我险风涛。

其六

懒云凹，按行 ^⑦ 松菊讯桑麻 ^⑧。声名不在渊明下，冷淡生涯。味偏长凤髓茶 ^⑨，梦已随蝴蝶化， ^⑩ 身不入麒麟画 ^⑪。莺花 ^⑫ 厌我，我厌莺花。

①和阿里西瑛：此为吴西逸和阿里西瑛之作，借阿里西瑛的居室"懒云窝"为话题，作曲共六首，此为其三、其六，余见篇后附录。

②懒云巢：即懒云窝，与下首的"懒云凹"同。

③"玉箫鹤背"句：指如同仙人般隐居生活。

④溪翁解冷淡嘲：溪边的百姓作淡泊世事的歌唱。

⑤山鬼放揶揄笑：山野间的平民作嘲讽世事的笑。

⑥险：远。

⑦按行：按次第，成行列。

⑧讯桑麻：农人互问桑麻长势如何。

⑨凤髓茶：指好茶。

⑩梦已随蝴蝶化：典出《庄子》。指人已经与自然融为一体，不理凡俗。

⑪麒麟画：指汉武帝时麒麟阁上功臣的画像。

⑫莺花：指莺鸟啼唱，百花开放的春光，代指荣华富贵。

〔双调〕殿前欢

和阿里西瑛

其一

懒云窝，懒云堆里即无何。半间茅屋容高卧，往事南柯。红尘自网罗，白日闲酬和，青眼偏空阔。风波远我，我远风波。

其二

懒云仙，蓬莱深处恣高眠。笔床茶灶添香篆，尽意留连。闲吟白雪篇，静阅丹砂传，不羡青云选。林泉爱我，我爱林泉。

其四

懒云关，一泓流水绕弯环。半窗斜日留晴汉，鸟倦知还。高眠仿谢安，归计寻张翰，作赋思王粲。溪山恋我，我恋溪山。

其五

懒云翁，一襟风月笑谈中。生平傲杀繁华梦，已悟真空。茶香水玉钟，酒竭玻璃瓮，云绕蓬莱洞。冥鸿笑我，我笑冥鸿。

[双调] 雁儿落带过得胜令

叹世①

其二

春花闻杜鹃，秋月看归燕。人情薄似云，风景疾如箭。　　留下买花钱，②趱③入种桑园。茅苫④三间厦，秧肥数顷田。床边，放一册冷淡渊明传；窗前，抄几联清新杜甫篇。

① 叹世：吴西逸在此题下作《双调·雁儿落带过得胜令》两首，此为其二，其一见篇后附录。

② 留下买花钱：古时城中富贵人家常有买花的习俗。在这里意思是离开城市与官场，及早归家。

③ 趱（zǎn）：赶快。

④ 茅苫（shān）：也作"茆苫"，意思是用茅草覆盖。也指茅舍、草屋。

〔双调〕雁儿落带过得胜令

叹世

其一

高阳酒更酽，栗里诗难和。风清弦管声，月淡珠玑唾。　青镜苦消磨，白发尽婆娑。门外桑榆景，庭前荆棘科。蹉跎，白日空闲过；风波，浮生无奈何。

[商调] 梧叶儿

春情

香随梦，^①肌褪雪，^②锦字记离别。春去情难再，更长^③愁易结。花外月儿斜，淹粉泪微微睡些。

---

①香随梦：青春随梦逝去。香，原指年轻貌美的女子，这里指女子的青春美貌。

②肌褪雪：肌肤不再洁白，也指年老。

③更长（gēngcháng）：指漫漫长夜无眠。

孙周卿

[双调] 水仙子

山居自乐①

其四

朝吟暮醉两相宜，花落花开总②不知。虚名嚼破无滋味。比③闲人④惹是非，淡⑤家私付与山妻。水碓⑥里春来米，山庄上线⑦了鸡，事事休提。

---

①山居自乐：孙周卿在此题下作《双调·水仙子》共四首，此为其四，余见篇后附录。

②总：全然。

③比：靠近、挨着。

④闲人：喜欢议论时政的人。

⑤淡：微薄的。

⑥水碓（dui）：靠水力来春米的器具。

⑦线：通"骟"，阉割。

〔双调〕水仙子

山居自乐

其一

西风篱菊灿秋花，落日枫林噪晚鸦。数椽茅屋青山下，是山中宰相家，教儿孙自种桑麻。亲眷至煨香芋，宾朋来煮嫩茶，富贵休夸。

其二

小斋容膝窄如舟，苔径无媒翠欲流。衡门半掩黄花瘦，属东篱富贵秋，药炉经卷香篝。野菜炊香饭，云腴涨雪瓯，傲煞王侯。

其三

功名场上事多般，成败如棋不待观。山林寻个好知心伴，要常教心地宽，笑平生不解眉攒。土炕上蒲席厚，砂锅里酒汤暖，妻子团圆。

[双调]沉醉东风

宫词①

其一

双拂黛②停分翠羽③，一窝云④半吐犀梳。宝靥香，罗襦素，海棠娇睡起谁扶。⑤肠断春风倦绣图，生怕见纱窗唾缕⑥。

其二

花月下温柔醉人，锦堂中笑语生春。眼底情，心间恨，到⑦多如楚雨巫云。门掩黄昏月半痕，手抵着牙儿自哂⑧。

---

① 宫词：以帝王宫廷生活为题材的词曲，常表现宫女抑郁愁怨的情怀。孙周卿以此为题作《双调·沉醉东风》共两首。

② 拂黛：即给眉毛涂上青黑色的颜料。

③ 翠羽：翠鸟的羽毛，这里指饰物。

④ 一窝云：指女子秀发如云。

⑤ "海棠娇睡"句：用唐玄宗戏称杨贵妃为"睡海棠"之典。这里反指女子失宠。

⑥ 纱窗唾缕：女子刺绣时咬断绣线，将线头吐在窗边。这里指情分断绝。

⑦ 到：倒。

⑧ 自哂（shěn）：自嘲。

王元鼎

[正宫] 醉太平

寒食①

其二

声声啼乳鸦，生叫破韶华。②夜深微雨润堤沙，香风万家。画楼洗尽鸳鸯瓦③，彩绳半湿秋千架。觉来红日上窗纱，听街头卖杏花。④

其四

花飞时雨残，帘卷处春寒。夕阳楼上望长安⑤，洒西风泪眼。几时睚彻⑥凄惶限⑦？几时盼得南来雁？几番和月凭阑干？多情人未还！

---

① 寒食：王元鼎以此题作《正宫·醉太平》共四首，此为其二、其四，余见篇后附录。

② 生叫破韶华：鸦啼硬是叫到春光消逝了。

③ 鸳鸯瓦：屋瓦为一俯一仰两相嵌合，故名。

④ 听街头卖杏花：化用自宋代陆游《临安春雨初霁》："小楼一夜听春雨，深巷明朝卖杏花。"

⑤长安：指国都，这里意为心上人所在之地。

⑥睚（yá）彻：看到头。睚，眼角。彻，通、透。

⑦凄惶限：悲伤不安的日子的尽头。限，指定范围。

〔正宫〕醉太平

寒食

其一

珠帘外燕飞，乔木上莺啼。莺莺燕燕正寒食，想人生有几。有花无酒难成配，无花有酒难成对。今日有花有酒有相识，不吃呵图甚的？

其三

辜负了禁烟，冷落了秋千。春光去也怎留恋？听莺啼燕喧。红馥馥落尽桃花片，青丝丝舞困垂杨线。扑簌簌满地堕榆钱，芳心闷倦。

[越调] 凭阑人

闺怨

其一

垂柳依依惹暮烟，素魄娟娟当绣轩。妾身独自眠，月圆人未圆。

其二

啼得花残^①声更悲，叫得春归^②郎未知。杜鹃奴^③倩^④伊^⑤，问郎何日归？

---

① 啼得花残：化用自辛弃疾《贺新郎》："更那堪鹧鸪声住，杜鹃声切。"

② 叫得春归：杜鹃啼声盛时为六七月，此时春日已经过去。

③ 奴：女子自称。

④ 倩：请。

⑤ 伊：你，指杜鹃。

阿鲁威

[双调] 落梅风

千年调，①一旦空，惟有纸钱灰晚风吹送。尽②蜀鹃啼血③烟树中，唤不回一场春梦④。

① 千年调：见于唐代范摅（shū）《云溪友议》所载王梵志白话诗："世无百年人，拟作千年调。打铁作门限，鬼见拍手笑。"这里比喻应作长久之计。

② 尽：任凭、纵使。

③ 蜀鹃啼血：即望帝啼血的典故。啼血，一作"血啼"。

④ 春梦：富贵荣华。

[双调] 湘妃怨

其一

楚天空阔楚天长，一度怀人一断肠。此心只在肩舆①上，倩东风过武昌，助②离愁烟水茫茫。竹上雨湘妃③泪，树中禽蜀帝王，④无限思量。

其二

夜来雨横与风狂，断送西园满地香。⑤晓来⑥蜂蝶空游荡，苦难寻红锦妆，问东君归计⑦何忙。尽叫得鹃声碎，却教人空断肠，漫劳动⑧送客垂杨。

---

① 肩舆：即轿子。

② 助：同"锄"，除去。

③ 湘妃：相传为帝尧之二女，帝舜之二妃，名曰娥皇、女英。相传舜帝病故，娥皇、女英的眼泪洒于山野之竹，形成美丽的斑纹，世人称为"斑竹"。后二人悲伤过度投入湘水，为湘水之神，故称湘妃。

④ 树中禽蜀帝王：指望帝啼血的典故。

⑤ "断送西园"句：风雨将树上花朵打落，满地都是落花。

⑥ 晓来：（第二天）天亮时。

⑦ 归计：归去的打算。

⑧ 漫劳动：不劳驾、不麻烦。意思是留恋春天，希望垂柳慢些送走春天。

卫立中

[双调] 殿前欢 ①

其一

碧云深，碧云深处路难寻。数椽茅屋和云赁，②云在松阴。挂云和③八尺琴，卧苔石将云根枕，折梅蕊把云梢沁④。云心无我，云我无心。⑤

---

①殿前欢：卫立中所存作品仅《双调·殿前欢》两首，为和阿里西瑛《懒云窝》之作，此为其一，其二见篇后附录。

②"数椽（chuán）茅屋"句：将几间房屋和天上白云一同租赁下来。暗指隐居之所。椽，原指屋顶梁檩上的木条，这里是房屋间数的代称，同"间"。

③云和：山名。古代常取所产木材以制作琴瑟。

④沁：浸润。

⑤"云心无我"两句：指作者与云成为一体，超脱凡俗。无我、无心皆佛家用语，无我是指世间没有人的躯壳，十分自由，达到真实的存在；无心是指解脱邪念的真心。

〔双调〕殿前欢

其二

懒云窝，懒云窝里客来多。客来时伴我闲些个，酒灶茶锅。且停杯听我歌，醒时节披衣坐，醉后也和衣卧。兴来时玉箫绿绮，问甚么天籁云和？

李伯瞻

[双调] 殿前欢

省悟 ①

其二

去来兮②，黄鸡啄黍正秋肥。寻常老瓦盆③边醉，不记东西。教山童替说知：权休罪，④老弟兄行⑤都申意⑥。今朝溷扰⑦，来日回席。

---

①省悟：李伯瞻以此题作《双调·殿前欢》共七首，此为其二，余见篇后附录。

②去来兮：典出东晋陶渊明《归去来兮辞》，指辞官归隐。

③老瓦盆：陈旧的陶制酒器。

④权休罪：暂且不要怪罪。权，暂且、姑且。

⑤行（háng）：兄弟姐妹的次第。这里等同于"们""等"。

⑥申意：表明意向。

⑦溷（hùn）扰：烦扰、打扰。

〔双调〕殿前欢

省悟

其一

去来兮，黄花烂熳满东篱。田园成趣知闲贵，今是前非。失迷途尚可追，回头易，好整理闲活计。团栾灯花，稚子山妻。

其三

去来兮，青山邀我怪来迟。从他傀儡棚中戏，举目扬眉。欠排场占几回，痴儿辈，参不透其中意。止不过张公吃酒，李老如泥。

其四

到闲中，闲中何必问穷通？杜鹃啼破南柯梦，往事成空。刈青山酒一钟，琴三弄，此乐和谁共？清风伴我，我伴清风。

其五

驾扁舟，云帆百尺洞庭秋。黄柑万颗霜初透，绿蚁香浮，闲来饮数瓯，醉梦醒时候，月色明如昼。白蘋渡口，红蓼滩头。

其六

好闲居，百年先过四旬余。浮生待足何时足，早赋归欤。莫遑遑盼仕途，忙回步，休直待年华暮。功名未了，了后何如？

其七

醉醺醺，无何乡里好潜身。闲愁心上消磨尽，烂熳天真。贤愚有几人？君休问，亲曾见渔樵论。风流伯伦，憔悴灵均。

赵显宏

[黄钟] 昼夜乐 ^①

冬

风送梅花过小桥，飘飘，飘飘地乱舞琼瑶^②。水面上流将去了，觑绝时^③落英无消耗^④，似才郎水远山遥。怎不焦？今日明朝。今日明朝，又不见他来到。　〔幺〕佳人，佳人多命薄！今遭，难逃，难逃他粉悴烟憔^⑤，直恁般^⑥鱼沉雁杳^⑦！谁承望拆散了鸾凰交^⑧，空教人梦断魂劳，心痒难揉。心痒难揉，盼不得鸡儿叫。

---

① 昼夜乐：赵显宏在此调之下咏四季共四首，此为《冬》，余见篇后附录。

② 琼瑶：形容雪花白如美玉。

③ 觑绝时：望断，极目远望。

④ 消耗：音信、消息。

⑤ 粉悴烟憔：意为不施粉黛，形容女子憔悴。

⑥ 直恁般：就这样。

⑦ 鱼沉雁杳：比喻书信不通，音信断绝。

⑧ 鸾凰交：鸾鸟与凤凰的往来。比喻夫妇间的联系。

〔黄钟〕昼夜乐

春

游赏园林酒半酣，停骖，停骖看山市晴岚。飞白雪杨花乱糁，爱东君绕地里将诗探，听花间紫燕呢喃。景物堪，当了春衫。当了春衫，醉倒也应无憾。〔幺〕利名，利名誓不去贪，听咱，曾参，曾参他暮四朝三。不饮呵莺花笑俺，想从前枉将风月担，空赢得鬓发鬖鬖，江北江南。江北江南，再不被多情赚。

夏

火伞当空暑气多，因何，因何不共泛清波？有十里香风芰荷，咱人向彩画的船儿上坐，伴如花似玉娇娥。醉了呵，月枕双歌。月枕双歌，但唱的齐声儿和。〔幺〕小哥，小哥忒恁快活，休波，真个，真个是占断鸣珂。有几个知几似我，不受用委实图甚么？尽今生酒病诗魔，落落魄魄。落落魄魄，且恁地随缘过。

秋

昨夜西风揭绣帘，恹恹，恹恹恨戗损眉尖。霜压的丹枫似染，促织儿絮的人来厌，助离愁暮雨纤纤。意不忺，琴瑟慵拈。琴瑟慵拈，不住把才郎念。　〔幺〕柳青，柳青忒恁地严，偏嫌，拘钳，拘钳人等等潜潜。酒半醺桃门半掩，恨更长再不将香篆添，空教人有苦无甜，闷似江淹。闷似江淹，独自把凄凉占。

[双调] 殿前欢

闲居^①

其一

去来兮，东林春尽蕨芽^②肥。回头那顾名和利，付与希夷^③。下长生不死棋，养三寸元阳气，落一觉浑沦^④睡。莺花过眼，^⑤鸥鹭忘机。^⑥

其二

去来兮，桃花流水鳜鱼肥。^⑦山蔬野菜偏滋味，旋泼新醅。胡寻些东与西，拼了个醒而醉，不管他天和地。盆干瓮竭，方许逃席。

---

① 闲居：赵显宏以此题作《双调·殿前欢》共四首，此为其一、其二，余见篇后附录。

② 蕨芽：即蕨菜的嫩芽，古人视其为美味。

③ 希夷：原为道家用语，指虚寂玄妙。此处特指五代时的著名道士陈抟，后人称其为"希夷先生"或"希夷老祖"。

④ 浑沦：即"囫囵"，整个儿。

⑤ 莺花过眼：比喻富贵荣华如过眼云烟。

⑥ 鸥鹭忘机：将鸥鹭比作高洁之人，与之交往能够忘却心机与算计。

⑦ 桃花流水鳜鱼肥：引用自唐代张志和《渔歌子》："西塞山前白鹭飞，桃花流水鳜鱼肥。"

〔双调〕**殿前欢**

闲居

其三

去来兮，生平志不尚轻肥。林泉疏散无拘系，茶药琴棋。听春深杜宇啼，瞻天表玄鹤唳，看沙暖鸳鸯睡。有诗有酒，无是无非。

其四

去来兮，楚天霜满蟹初肥。黄花似得渊明意，开遍东篱。笑山翁醉似泥，喜稚子诗能缀，爱仙果甜如蜜。烟萝路绕，车马声稀。

[双调] 殿前欢

题歌者楚云 ①

楚云闲，② 任他孤雁叫苍寒 ③。去留舒卷无心惯，④ 聚散之间。趁西风出远山，随急水流深涧，为暮雨迷霄汉 ⑤。阳台 ⑥ 事已，秦岭飞还。⑦

---

① 楚云：一歌女名。

② 楚云闲：楚地的云悠闲地飘动。比喻听曲的客人。同时又含歌女的名字在其中。

③ 叫苍寒：比喻叫声凄凉。

④ "去留舒卷"句：指客人像云一样，来去自如，情绪变化无端。

⑤ 霄汉：云霄和天河，指天空。

⑥ 阳台：典出战国楚人宋玉《高唐赋序》，此处指歌女陪伴客人。

⑦ 秦岭飞还：神女飞回来处，指歌女与客人分别。

景元启

[双调] 殿前欢

梅花

月如牙，早庭前疏影①印窗纱。逃禅老笔②应难画，别样清佳。据胡床③再看咱，山妻骂：为甚情牵挂？大都来梅花是我，我是梅花。

---

①疏影：出自宋代林逋《山园小梅》："疏影横斜水清浅，暗香浮动月黄昏。"指梅花的影子。

②逃禅老笔：娴熟而有意境的笔法。逃禅，指逃开世事，皈依佛法。唐代杜甫《饮中八仙歌》："苏晋长斋绣佛前，醉中往往爱逃禅。"

③胡床：一种可以折叠的轻便座椅，又称交床。

赵禹圭

[双调] 折桂令

题金山寺 ①

长江浩浩西来，水面云山，② 山上楼台。山水相辉，楼台相映，天与 ③ 安排。诗句就 ④ 云山动色，酒杯倾天地忘怀。醉眼睁开，遥望蓬莱：一半烟遮，一半云埋。

---

① 题金山寺：此曲一说为赵禹圭所作；一说为张养浩所作，题为"过金山寺"。

② 水面云山：指金山寺在湖中一岛上，好像浮在湖面。

③ 与：给、替。

④ 就：成、完成。

吕止庵

[仙吕] 醉扶归 ①

讪意

其二

频去 ② 教人讲，不去自家忙。若得相思海上方 ③，不到得 ④ 害这些闲魔障 ⑤。你笑我眠思梦想，则不打到 ⑥ 你头直上 ⑦。

---

① 醉扶归：曲牌名。吕止庵作《仙吕·醉扶归》共三首，此为其二，余见篇后附录。

② 频去：频繁去（男方家）。

③ 海上方：海上仙方。秦始皇曾派方士到海上去寻求长生不老药，故有此说法。这里比喻能医治相思病的药方。

④ 不到得：不见得。

⑤ 闲魔障：指相思病。魔障，佛家用语，指恶魔所设的障碍，也泛指波折、病痛等。

⑥ 打到：轮到、碰到。元代俗语。

⑦ 头直上：头上、头顶上。

〔仙吕〕醉扶归

讪意

其一

瘦后因他瘦，愁后为他愁。早知伊家不应口，谁肯先成就。营勾了人也罢手，吃得我些酪子里骂低低的咒。

其三

有意同成就，无意大家休。几度相思几度愁，风月虚遥授。你若肯时肯、不肯时罢手，休把人空拖逗。

吴弘道

[双调] 拨不断

闲乐 ①

其一

泛浮槎 ②，寄生涯 ③，长江万里秋风驾。稚子和烟煮嫩茶，老妻带月炰 ④ 新鲊。醉时闲话。

其二

利名无，宦情疏，彭泽升半微官禄。⑤ 蠹鱼 ⑥ 食残架上书，晓霜荒尽篱边菊 ⑦。罢官归去。

---

① 闲乐：吴弘道以此题作《双调·拨不断》共四首，此为前两首，余见篇后附录。

② 浮槎：小船。槎，木筏。

③ 生涯：生活。这两句是指辞官归隐，泛舟江渚过一生。

④ 炰（páo）：古同"炮"，把带毛的肉用泥包好，放在火上烧烤。

⑤ "彭泽升半"句：陶渊明任彭泽县令时，"不为五斗米折腰"，辞官归隐。此句意为彭泽县令这样的官俸禄很少。升，计量单位，十合为一升，十升为一斗。

⑥蠹（dù）鱼：也称"衣鱼"，蛀蚀衣物书籍等物品的虫子。

⑦篱边菊：典出陶渊明《饮酒》："采菊东篱下，悠然见南山。"指隐士居所。

〔双调〕拨不断

闲乐

其三

暮云遮，雁行斜，渔人独钓寒江雪。万木天寒冻欲折，一枝冷艳开清绝，竹篱茅舍。

其四

选知音，日相寻，山间林下官无禁。闲后读书困后吟，醉时睡足醒时饮，不狂图甚。

钱 霖

[双调] 清江引 ①

其一

梦回昼长帘半卷，门掩荼蘼院。蛛丝挂柳绵，燕嘴粘花片，啼莺一声春去远。

其四

恩情已随纨扇歇，攒②到愁时节。梧桐一叶秋，③砧杵千家月，④多的是几声儿檐外铁⑤。

---

① 清江引：钱霖作《双调·清江引》共四首，此为其一、其四，余见篇后附录。

② 攒：积聚。

③ 梧桐一叶秋：此为"一叶知秋"典故，出自西汉刘安《淮南子·说山训》中"见一叶落，而知岁之将暮"句。

④ 砧杵千家月：指妻子在月夜为出门在外的丈夫洗衣。

⑤ 檐外铁：指秋风吹动屋檐下悬挂的风铃。

〔双调〕清江引

其二

高歌一壶新酿酒，睡足蜂衙后。云深鹤梦寒，石老松花瘦，不如五株门外柳。

其三

春归牡丹花下土，唱彻莺啼序。戴胜雨余桑，谢豹烟中树，人困昼长深院宇。

顾德润

[中吕]醉高歌过摊破喜春来 ①

旅中

长江远映青山，回首难穷望眼。扁舟来往蒹葭岸，烟锁云林又晚。　　篱边黄菊经霜暗，② 囊底青蚨逐日悭。破清思晚砧鸣 ③，断愁肠檐马韵 ④，惊客梦晓钟寒。归去难！修一缄 ⑤，回两字寄平安。

---

①醉高歌过摊破喜春来：带过曲。前四句为"醉高歌"，后八句为"摊破喜春来"。

②"篱边黄菊"句：形容家中田产荒芜，退隐无门。

③晚砧鸣：夜半的捣衣声。指家乡妻子因思念而难眠。

④檐马韵：屋檐下悬挂的风铃（铁马）发出有韵律的声响。马，铁马、闻铃。

⑤缄：书信。

曾 瑞

［正宫］醉太平

相邀士夫^①，笑引奚奴^②，涌金门^③外过西湖。写新诗吊古。苏堤堤上寻芳树，断桥^④桥畔沽醽醁^⑤，孤山山下醉林逋。洒梨花暮雨。

---

① 士夫：指文人墨客。

② 奚奴：奴仆。《周礼·天官·序官》："奚三百人。"汉代郑玄注："古者从坐男女没入县官为奴，其少才知以为奚，今之侍史官婢。或曰：奚，宦女。"后称奴仆为奚奴。

③ 涌金门：杭州西城门。

④ 断桥：又名段家桥，位于西湖白堤上。

⑤ 醽醁（línglù）：美酒名。

［中吕］山坡羊过青哥儿

过分水关^①

其一

山如佛髻^②，人登鳌背^③，穿云石磴^④盘松桧^⑤。一

关围，万山齐，龙蟠虎踞东南地。岭头两分了银汉水。⑥高，天外倚；低，云涧底。 行人驱驰不易，更那堪暮秋天气，拂面西风透客衣。山雨霏微⑦，草虫啾唧。身上淋漓，脚底沾泥。痛恨杀伤情鹧鸪啼，行不得。

其二

云山叠翠，枫林如醉，潇潇景物添秋意。过山围，渡山溪，扬鞭举棹⑧非容易。区区只因名利逼。思，家万里；愁，何日归。 飘零飘零客寄，困长途⑨尘满征衣，泣露秋虫助客悲。泪眼昏迷，病体尪羸。无甚亲戚，谁肯扶持。行不动哥哥鹧鸪啼，人心碎。

---

①分水关：指福鼎分水关，旧址位于今浙江与福建福鼎交界附近。建于五代时期，地势险要，号称"闽东北门户"，为兵家必争之地。

②佛髻：呈盘曲状发髻的美称。相传佛发旋曲为螺形，故称。

③鳌背：比喻山。

④穿云石磴（dèng）：插入云霄的石头台阶，形容山高。

⑤松桧：松树和桧树，泛指高直的树。

⑥"岭头"一句：山高入云，仿佛分开了银河。

⑦霏微：细雨等弥漫的样子。

⑧扬鞭举棹：策马而行，举桨划船。

⑨长途：指长距离奔波。

杨朝英

[商调] 梧叶儿

客中闻雨

檐头溜①，窗外声，直响到天明。滴得人心碎，聒②得人梦怎成？夜雨好无情，不道③我愁人怕听。

---

① 溜：滑行，（往下）滴水。

② 聒（guō）：声音吵，令人厌烦。

③ 不道：不顾、不管。

[双调] 水仙子

自足

杏花村里旧生涯①，瘦竹疏梅处士②家，深耕浅种收成罢。酒新篘鱼旋打，有鸡豚③竹笋藤花。客到家常饭，僧来谷雨茶④，闲时节自炼丹砂⑤。

① 旧生涯：指平淡恬静的生活。

② 处士：没有做官的读书人。指隐士。

③ 豚：小猪。

④ 谷雨茶：谷雨节前采摘的春茶。

⑤ 炼丹砂：古代道教常炼丹服食，认为可以延年益寿。丹砂，即朱砂，矿物名，道家炼丹多用。

[双调] 清江引

秋深最好是枫树叶，染透猩猩血①。风酿楚天秋，②霜浸吴江月。③明日落红多去也！

---

① 猩猩血：代指红色。

② 风酿楚天秋：风吹得树叶变红，南国一片秋色。

③ 霜浸吴江月：秋霜让吴江中的月影更显洁白。

[越调] 小桃红

题写韵轩①

当年相遇月明中，一见情缘重。谁想仙凡隔春梦，杳无踪，凌风②跨虎归仙洞。今人不见，天孙③标致，依旧笑春风。

---

①写韵轩：指传说中唐代吴彩鸾的爱情故事。传说仙女吴彩鸾在钟陵遇到书生文箫，二人相爱结成夫妇。文箫家贫，彩鸾就抄写《唐韵》，售卖为生。后二人乘虎仙归去。后人在钟陵建写韵亭（又称写韵轩）作为纪念。

②凌风：迎着风、乘着风。

③天孙：星名，即织女星。这里指仙女吴彩鸾。

刘燕歌

[仙吕] 太常引 ①

饯齐参议回山东

故人别我出阳关，② 无计锁雕鞍 ③。今古别离难，蹙损了蛾眉远山。④ 一樽别酒，一声杜宇，寂寞又春残。明月小楼间，第一夜相思泪弹。

---

① 太常引：曲牌名，又名"太清引""腊前梅"等。

② 故人别我出阳关：又一作"故人送我出阳关"。阳关，古关名，位于今甘肃敦煌西南。泛指送别之地。

③ 锁雕鞍：意为将友人留下。雕鞍，饰有精美图案的马鞍，代指坐骑。

④ 蹙损了蛾眉远山：又一作"兀谁画蛾眉远山"。蹙，皱，收缩。蛾眉远山，用汉代张敞之典，因为其为妻所画之眉形如远山，人称"远山眉"。

奥敦周卿

［双调］太常引 ①

其二

西湖烟水茫茫，百顷风潭，②十里荷香。③宜雨宜晴，宜西施淡抹浓妆。④尾尾相衔画舫，尽欢声无日不笙簧⑤。春暖花香，岁稔⑥时康。真乃上有天堂，下有苏杭。⑦

---

①太常引：曲牌名。奥敦周卿作此曲两首，此为其二，其一见篇后附录。

②百顷风潭：形容西湖水面阔大。

③十里荷香：化用自宋代柳永《望海潮》："重湖叠巘清嘉，有三秋桂子，十里荷花。"

④"宜雨宜晴"两句：化用自宋代苏轼《饮湖上初晴后雨》："水光潋滟晴方好，山色空蒙雨亦奇。欲把西湖比西子，淡妆浓抹总相宜。"

⑤笙簧：指各种吹奏的乐声。

⑥稔（rěn）：庄稼成熟。指丰年。

⑦上有天堂，下有苏杭：中国古代民谚，言西湖之美如仙境。出自宋范成大《吴郡志》。

〔双调〕太常引

其一

西山雨退云收，缥缈楼台，隐隐汀洲。湖水湖烟，画船款棹，妙舞轻讴。野猿搦丹青画手，沙鸥看皓齿明眸。阆苑神州，谢安曾游。更比东山，倒大风流。

白贲

〔正宫〕鹦鹉曲 ①

侬家 ② 鹦鹉洲 ③ 边住，是个不识字渔父。浪花中一叶扁舟，睡煞江南烟雨。 〔幺〕觉来时满眼青山，抖擞绿蓑归去。算从前错怨天公，甚 ④ 也有安排我处。

---

① 鹦鹉曲：曲牌名，又称"黑漆弩""学士咏"。后人因白贲此曲有名，多写作"鹦鹉曲"。

② 侬家：自称，犹言我。吴地方言。

③ 鹦鹉洲：在今湖北武汉西南长江中。相传东汉末江夏太守黄祖长子在此大会宾客，有人献鹦鹉，祢衡作《鹦鹉赋》，故称"鹦鹉洲"。

④ 甚：真、诚。

[双调]百字折桂令①

弊裘②尘土压征鞍③，鞭倦袅芦花。④弓剑萧萧，一径⑤入烟霞。动羁怀⑥，西风禾黍，秋水蒹葭。千点万点，老树寒鸦。三行两行，写长空哑哑，⑦雁落平沙⑧。曲岸西边，近水涡⑨，鱼网纶竿钓槎⑩。断桥东壁，傍西山，竹篱茅舍人家。见满山满谷，红叶黄花，正是伤感凄凉时候，离人又在天涯。

---

①百字折桂令：曲牌名，为"折桂令"的变格。正格五十余字，此变格为百余字。

②弊裘：破旧的征衣。

③征鞍：指征马。

④鞭倦袅芦花：疲倦地举起马鞭，挥舞时轻柔无力，马鞭如同纷飞的芦花。

⑤一径：径直。

⑥羁怀：滞留异乡的情怀。

⑦写长空哑哑：大雁飞过，呀呀鸣叫。写长空，指大雁在空中飞行时好像在空中书写。

⑧平沙：指广阔的沙原。

⑨水涡：水流旋转处。

⑩钓槎：渔舟。

阿里西瑛

[双调] 殿前欢

懒云窝 ①

其一

懒云窝，醒时诗酒醉时歌。瑶琴不理抛书卧，无梦南柯。② 得清闲尽快活，日月似揎梭③ 过，富贵比花开落。青春去也，不乐如何！

其三

懒云窝，客至待如何？懒云窝里和衣卧，尽自婆娑④。想人生待则么⑤？贵比我高些个，富比我松⑥ 些个。呵呵笑我，我笑呵呵。

----

① 懒云窝：阿里西瑛所居住的书斋居号，在吴城（今江苏苏州）东北隅。阿里西瑛以此为题作《双调·殿前欢》共三首，此为其一、其三，其二见篇后附录。

② 无梦南柯：指不梦想做富贵之人。南柯，南柯一梦的典故，这里仅指梦。

③ 揎梭：即穿梭。

④ 婆娑：这里是身体舒展的意思。

⑤ 待则么：将要怎样。

⑥ 松：经济宽裕。

〔双调〕殿前欢

懒云窝

其二

懒云窝，醒时诗酒醉时歌。瑶琴不理抛书卧，尽自磨陀。想人生待则么？富贵比花开落，日月似撺梭过。呵呵笑我，我笑呵呵。

鲜于必仁

[越调] 寨儿令

汉子陵，晋渊明，二人到今香汗青①。钓叟谁称？农父谁名？去就一般轻。五柳庄月朗风清，七里滩浪稳潮平。折腰时心已愧，伸脚处梦先惊。②听，千万古圣贤评。

① 香汗青：流芳青史。古代在竹简上书写，要先将竹子火烤，再刮去竹青，称为汗青，因此把著作完成称作汗青，代指史书。

② 伸脚处梦先惊：《汉书·逸民传》记载，刘秀召严子陵进京，二人共卧，严子陵将脚压在刘秀腹部，次日史官上奏，说有客星冲犯了帝座，刘秀却说，只是和朋友严子陵同睡罢了。

[双调] 折桂令

诸葛武侯①

草庐②当日③楼桑④，任虎战中原⑤，龙卧南阳。⑥八阵图⑦成，三分国峙⑧，万古鹰扬⑨。《出师表》⑩谋谟⑪庙堂，《梁甫吟》⑫感叹岩廊⑬。成败难量，五丈⑭秋风，落日苍茫。

---

①诸葛武侯：诸葛亮，字孔明，号卧龙，三国时蜀汉丞相，刘禅继位后，封诸葛亮为武乡侯，后追谥忠武侯，后尊称武侯。

②草庐：指诸葛亮隐居时的草庐。

③当日：当时。

④楼桑：刘备故里，位于今河北涿州。

⑤虎战中原：指刘、关、张三兄弟逐鹿中原。虎战，形容勇猛的作战。

⑥龙卧南阳：诸葛亮自号卧龙，他那时隐居在南阳，静观战事。

⑦八阵图：诸葛亮创制的一种阵法。

⑧三分国峙（zhì）：三国鼎立。峙，耸立、对立。

⑨鹰扬：威武的样子，形容大展雄才。

⑩《出师表》：诸葛亮在决定北上伐魏、收复中原前，给后主刘禅上书的表文。

⑪谋谟（mó）：谋划、制定谋略。

⑫《梁甫吟》：也作《梁父吟》，乐府相和歌辞楚调曲有诸葛亮《梁父吟》。《三国志·蜀志·诸葛亮传》中说，诸葛亮作《梁父吟》，自比春秋战国管仲、乐毅，充满雄心壮志。

⑬岩廊：指朝廷。

⑭五丈：古地名，在今陕西岐山。相传诸葛亮六出祁山，曾在此驻军。公元234年，诸葛亮伐魏，病卒于此。

[双调] 折桂令

燕山八景 ①

卢沟晓月 ②

出都门鞭影摇红 ③，山色空濛，林景玲珑。桥俯危波，车通远塞，栏倚长空。起宿霭千寻卧龙，掣流云万丈垂虹。④ 路杳疏钟，似蚁行人，如步蟾宫 ⑤。

西山晴雪 ⑥

玉嵯峨高耸神京，峭壁排银，叠石飞琼。地展雄藩 ⑦，天开图画，户判围屏。分曙色流云有影，冻晴光老树无声。醉眼空惊，樵子归来，蓑笠青青。

---

① 燕山八景：又称"燕京八景"，最早见于金朝《明昌遗事》。鲜于必仁以此题作《双调·折桂令》八首，此处为《卢沟晓月》《西山晴雪》两首，余见篇后附录。

② 卢沟晓月：该景位于今北京卢沟桥。古时，每当黎明斜月西沉之时，明月倒映水中，更显明媚皎洁。

③ 鞭影摇红：马鞭的影子在红色的霞光中摇动。

④ "起宿霭"两句：卢沟桥像长长的巨龙腾空而起，又像万丈的彩虹从云中冲破而出，形容其雄伟壮观。宿霭，聚集的云气。寻，古代的长度单位，一寻等于八尺。掣，扯动、拽动。

⑥西山晴雪：该景位于北京西郊。指西山雪景。

⑦雄藩：雄伟的屏障，意指西山是北京的屏障。

〔双调〕折桂令

燕山八景

太液秋风

护凉云万顷玻璃，寒射鸢元，香润龙綮。风漱金波，天闲银汉，烟远瑶池。汎莲叶仙人未归，赏芙蓉帝子初回。翠绕珠围，凤舞麟翔，鱼跃鸢飞。

琼岛春阴

驾东风龙驭天来，百仞烟霄，十二楼台。琼草云封，琼林露暖，玉树花开。呼万岁尘清九垓，拥千官星列三台。鸾凤音谐，仙仗香中，人在蓬莱。

居庸叠翠

耸颠崖万仞秋容，气共云分，势与天雄。玉润玻璃，翠开松桧，金削芙蓉。破山影低回去鸿，蘸岚光惊起游龙。往灭狐踪，尘冷边烽；海宇鳝生，愿上东封。

蓟门飞雨

阿香车推下晴云，旱海卷江悬，电掣雷奔。几点翻飘，数声引鼓，一霎倾盆。启蛰户龙飞地间，望蟾宫鱼跃天门。到处通津，头角峥嵘，溥渥殊恩。

玉泉垂虹

跨寒流低吸长川，截断生绢，界破苍烟。噀壁琼珠，悬空素练，泻月金笺。惊翠嶂分开玉田，似银河飞下瑶天。振鹭腾猿，来往游人，气宇凌仙。

金台夕照

渺青霄十二云梯，谁曳长裾，拥拜丹墀？万古罗贤，千年宗社，名与天齐。望老树斜阳影里，慨西风衰草荒基。壮志何奇，倚剑空吟，归去来兮。

张子坚

[双调] 得胜令 ①

宴罢恰初更②，摆列着玉娉婷③。锦衣搭白马，纱笼照道行。齐声，唱的是《阿纳忽》④时行令。酒且休斟，俺待银鞍马上听。

---

① 得胜令：曲牌名，又作"德胜令"。

② 初更：古时一夜为五更，一更等于两小时，初更即晚上七时至九时。

③ 玉娉婷：指美女。

④《阿纳忽》：双调曲牌名，用于剧曲、小令和散曲套数。

马谦斋

［越调］柳营曲

叹世

手自搓，剑频磨，古来丈夫天下多。青镜摩挲，^①白首蹉跎，失志困衡窝^②。有声名谁识廉颇^③，广才学不用萧何。忙忙的逃海滨，急急的隐山阿^④。今日个^⑤，平地起风波。

---

① 青镜摩挲：对镜自照。摩挲，抚摩。

② 衡窝：隐者居住的简陋房屋。

③ 廉颇：战国时赵国的良将。晚年因不被重用，离开赵国，终不复任用。

④ 山阿（ē）：山窝处。指归隐之所。

⑤ 今日个：今天。个，语助词。

严忠济

[越调] 天净沙

宁可少活十年，休得一日无权。大丈夫时乖命蹇^①。有朝一日天随人愿，赛田文养客三千^②。

---

①时乖命蹇（jiǎn）：指时运不顺，命运不好。蹇，不顺利。

②田文养客三千：战国时齐国公子田文，又称孟尝君，门下有食客数千人。

无名氏

[双调] 水仙子

遣怀

百年三万六千场，^①风雨忧愁一半妨^②。眼儿里觑，心儿上想，教我鬓边丝怎地当^③，把流年子细^④推详。一日一个浅酌低唱，一夜一个花烛洞房，^⑤能有得多少时光?

---

①百年三万六千场：意思是人活百年，也不过三万六千个日子。场，用于事情发生的次数。

②妨：阻碍、伤害。

③当：承担、经受。

④子细：即仔细。

⑤浅酌低唱、花烛洞房：形容在青楼歌馆打发时间。

[双调] 雁儿落带过得胜令

指甲

宜将斗草^①寻，宜把花枝浸，宜将绣线拈，宜把金针纫。宜操七弦琴，宜结两同心^②，宜托腮边玉，宜圈鞋上金^③。难禁，得一掐通身沁^④；知音，治相思十个针。

---

① 斗草：又称斗百草，是中国民间流行的一种用草进行的游戏。

② 结两同心：结成同心结。表示男女相爱。

③ 圈鞋上金：缠小脚。金，古称小脚为三寸金莲。

④ 通身沁：浑身舒畅。指男女调情。

[双调] 雁儿落带过得胜令

一年老一年^①，一日没一日。一秋又一秋，一辈催一辈。一聚一离别，一喜一伤悲。一榻一身卧，一生一梦里。寻一伙相识，他一会咱一会。都一般相知，吹一回唱一回。

---

① 一年老一年：此曲每句皆嵌"一"字，为嵌字曲。

［双调］沉醉东风

维扬怀古 ①

锦帆落天涯 ② 那搭，玉箫寒江上 ③ 谁家？空楼月惨凄，古殿风潇洒 ④。梦儿中一度繁华，满耳边声起暮笳 ⑤，再不见看花驻马。

---

① 维扬怀古：《雍熙乐府》将此曲归入无名氏作，今人隋树森《全元散曲》将此曲归入汤式名下，本书按《雍熙乐府》本。维扬，即扬州。

② 锦帆落天涯：化用自唐代李商隐《隋宫》："玉玺不缘归日角，锦帆应是到天涯。"言宋朝像隋朝一样逝去了。

③ 玉箫寒江上：化用自唐代杜牧《寄扬州韩绰判官》："青山隐隐水迢迢，秋尽江南草未凋。二十四桥明月夜，玉人何处教吹箫。"指秋风瑟瑟无意听箫曲。

④ 潇洒：形容景物凄清。

⑤ 笳：胡笳。中国古代北方民族的一种乐器，类似笛子。

［双调］沉醉东风

拂水面千条柳线，出墙头几朵花枝。醉看雨后山，醒入桥边肆 ①。正江南燕子来时，到处亭台好赋诗，少几个知音在此。

[双调] 沉醉东风

垂柳外低低粉墙，烛花前小小牙床①。镇②春寒翡翠屏，藏夜月芙蓉帐③，几般儿不比寻常，回首桃源④路渺茫，手抵住牙儿慢想。

---

①牙床：有象牙雕刻装饰的床，泛指制作精美的床。
②镇：压制。
③芙蓉帐：用芙蓉花染缯制成的帐子。泛指华丽的帐子。
④桃源：用东汉刘晨、阮肇至天台山采药，入桃花源之典。

[双调] 折桂令

叹世间多少痴人①，多是忙人，少是闲人。酒色迷人，财气昏人，缠定活人。钹②儿鼓儿终日送人，车儿马儿常时迎人。精细的瞒人，本分的饶人。不识时人，枉只为人。

① 人：此曲每句皆嵌一"人"字，是嵌字曲。

② 钹（bó）：铜质圆形的打击乐器，两个圆铜片，中心鼓起成半球形，正中有孔，可以穿绸条等用以持握，两片相击作声。

［双调］清江引

春梦①觉来心自警，往事般般②应。爱煞陶渊明，笑煞胡安定③，下梢头④大都来不见影。

① 春梦：春夜的梦，比喻转瞬即逝的好景。这里指荣华富贵如过眼云烟。

② 般般：一桩桩。

③ 胡安定：北宋学者胡瑗（yuàn），因祖居陕西安定堡，世称安定先生。其七次应考不中，遂弃仕途开办书院。又一说为唐代诗人胡僧，有《安定集》，他屡试不中却汲汲求名。

④ 下梢头：结果，结局。元代俗语。

［双调］清江引

牡丹

寂寞一枝三四花，弄色书窗下。为着沉香①迷，梦见马嵬怕，且潜身住在居士^②家。

①沉香：指沉香亭。据说唐玄宗与杨贵妃曾在此欣赏牡丹，命李白作诗歌咏，诗中把杨贵妃比作牡丹。

②居士：古代称有德有才而隐居不仕的人。

[双调] 殿前欢

谪仙^①醉眼何曾开，春眠花市侧。伯伦^②笑口寻常开，荷锸埋，曾何碍？糟丘高垒葬残骸。^③先生也快哉！

①谪仙：唐代贺知章在长安初见李白时曾惊呼："子，谪仙人也！"于是后人称李白为谪仙。

②伯伦：晋代刘伶，字伯伦。

③"糟丘高垒"句：用堆积成山的酒糟埋葬其骸骨。形容刘伶爱酒以至于死也甘愿。

[双调] 驻马听

月小潮平，红蓼滩头秋水冷。天空云净，夕阳江上乱峰青。一蓑全却子陵名，五湖救了鸱夷命。^①尘劳事不听，龙蛇^②一任相吞并。

①"五湖"句：春秋越国大夫范蠡辅佐勾践复国后归隐，泛舟五湖，另一功臣文种却被勾践赐死。鸱夷，范蠡游历齐国时，人称鸱夷子皮。

②龙蛇：隐匿、退隐。比喻怀才归隐。

[仙吕] 寄生草

闲评

问甚么虚名利，管甚么闲是非。想着他击珊瑚列锦帐石崇势，①则不如卸罗襕纳象简张良退，②学取他枕清风铺明月陈抟睡。看了那吴山青似越山青，③不如今朝醉了明朝醉。

①"想着他"句：西晋富豪石崇，富可敌国。他与晋武帝的舅舅王恺比富，竟击碎二尺高的珊瑚树，又从自家拿出更高的珊瑚树来；王恺做出四十里的丝布屏风，石崇就做出五十里的锦缎屏风。其豪奢令皇亲国戚都自愧不如。

②"卸罗襕"句：西汉张良在辅佐刘邦建立汉朝一段时间后，辞去官职，专心修道。

③"看了那"句：化用自宋代林逋《长相思》："吴山青，越山青，两岸青山相送迎，谁知离别情？"指游历一座座青山。

[商调]梧叶儿

秋来到，渐渐凉，寒雁儿往南翔。梧桐树，叶又黄。好凄凉，绣被儿空闲了半张。

[中吕]红绣鞋

又不是天魔鬼祟，又不是触犯神祇^①，又不曾坐筵席伤酒共伤食^②。师婆^③每医的邪病，大夫每治的沉疾，可教我羞答答说甚的？

---

① 神祇（qí）：指天神和地神，泛指神明。
② 伤酒共伤食：指吃喝享乐。共，和。
③ 师婆：即巫婆。

[中吕]喜春来

窄裁衫祦^①安排瘦，淡扫蛾眉^②准备愁，思君一度^③一登楼。凝望久，雁过楚天秋。

---

① 祦（kèn）：衣服腋下前后相连的部分。

② 淡扫蛾眉：轻淡地化眉妆。

③ 度：次。

［中吕］喜春来

江山不老天如醉，桃李无言春又归，人生七十古来稀。[①] 图甚的？樽有酒且舒眉。

---

① 人生七十古来稀：出自唐代杜甫《曲江》："酒债寻常行处有，人生七十古来稀。"

［中吕］普天乐

木犀 [①] 风，梧桐月。珠帘鹦鹉，绣枕蝴蝶。玉人 [②] 娇一晌欢 [③]，碧酝酿 [④] 十分悦。断角疏钟 [⑤] 淮南夜，撼西风唤起离别。知他是团圆也梦也，欢娱也醉也，烦恼也醒也。

---

① 木犀：指桂花。或黄或白，秋季开放。

② 玉人：美人。

③ 一晌欢：短暂的欢愉。出自南唐李煜《浪淘沙·怀旧》：

"梦里不知身是客，一晌贪欢。"

④ 碧酝酿：美酒。

⑤ 断角疏钟：指军中的号角和钟声。

[正宫] 叨叨令

黄尘万古长安路①，折碑三尺邙山墓。西风一叶乌江渡②，夕阳十里邯郸树③。老了人也么哥！老了人也么哥！英雄尽是伤心处。

---

① 长安路：指通往朝廷、求取功名的道路。

② 乌江渡：用项羽自刎乌江之典。

③ 邯郸树：指唐代沈既济《枕中记》中卢生"黄粱一梦"之典。

[正宫] 叨叨令

绿杨堤畔长亭①路，一樽酒罢青山暮。马儿离了车儿去，低头哭罢抬头觑。一步步远了也么哥！一步步远了也么哥！梦回酒醒人何处？

[正宫]叨叨令

溪边小径舟横渡①，门前流水清如玉。青山隔断红尘路，白云满地无寻处。说与你寻不得也么哥！说与你寻不得也么哥！却原来侬家鹦鹉洲边住。②

① 渡：渡口。

② 却原来侬家鹦鹉洲边住：化用自白贲《鹦鹉曲·渔父》："侬家鹦鹉洲边住。"

[正宫]塞鸿秋

春怨

腕冰消松却黄金钏，①粉脂残淡了芙蓉面。紫霜毫②点遍端溪砚③，断肠词写在桃花扇。风轻柳絮天，月冷梨花院，恨鸳鸯不锁黄金殿。④

① "腕冰消"句：比喻女子消瘦，手腕都戴不住金钏。

② 紫霜毫：紫兔毛制成的毛笔。

③ 端溪砚：广东端溪所产的砚台。

④ "恨鸳鸯"句：用汉武帝"金屋藏娇"的典故。比喻希望两
人永远恩爱。

[正宫] 醉太平

利名场事冗^①，林泉下心冲^②。小柴门画戟^③古城
东，隔风波数重。华山云^④不到阳台梦，磻溪水不接桃源
洞，洛阳城^⑤不到武夷峰^⑥。老先生睡浓。

① 冗（rǒng）：繁杂、混杂。

② 冲：淡泊平和。

③ 小柴门画戟：柴门排列着木桩，好像画戟一般。

④ 华山云：宋初道士陈抟隐居华山中。

⑤ 洛阳城：古代都城，指富贵繁华的城市。

⑥ 武夷峰：位于福建。宋代朱熹等人曾在此隐居。

[正宫] 醉太平

急烹翻觔斲彻，^①险饿死灵辄。^②今人全与古人别，渐

学些个转折③。撩④胡蜂赤紧⑤冤了毒蝎，钓鲸鳌不上扠⑥了柴鳖，打青鸾⑦无计扑了蝴蝶。老先生手拙。

---

①急烹翻蒯彻：比喻有才之士险些被杀。蒯彻，即汉代辩士蒯通。

②险饿死灵辄：代指有才之士险些饿死。灵辄，春秋晋国侠士。

③转折：事情发展过程中改变原来的方向、形势或趋势。在这里指从历史中吸取的教训。

④撩：挑弄。

⑤赤紧：没料到。

⑥扠（chā）：刺。

⑦青鸾：古代传说中凤凰一类的神鸟。赤色多者为凤，青色多者为鸾。

[正宫]醉太平

近三叉道北，傍独木桥西。凿开数亩养鱼池，编一遭槿篱①。蜂儿值早衙②催酿就残花蜜，莺儿啼曙光移梦绕芦花被，燕儿飞矮帘低衔入落花泥。老先生未起。

---

①槿篱：木槿篱笆。

②早衙：古代官府早晚坐衙治事，早上卯时的一次称"早衙"。

[正宫] 醉太平

《南华经》^①看彻，东晋帖^②观绝。西凉州^③美酝一壶竭，蜡红灯照者。木棉雪被春初热，沉檀^④云母香慵热，梅花斗帐^⑤月儿斜。老先生睡也。

①《南华经》：《庄子》的别称，叫法始于唐代。
②东晋帖：东晋书法家王羲之的字帖。
③西凉州：即凉州，又称武威郡，今甘肃武威。这里泛指西域。
④沉檀：沉香和檀香。
⑤斗帐：小帐子，形状像倒置的斗。

[正宫] 醉太平

看白云万丈，映翠竹千年。赋归来^①饱饷^②两三餐，晃韶光过眼。怕行舟远使追张翰，倦登楼烂醉思王粲，紧关门高卧袁安。老先生意懒。

① 赋归来：意同"赋归去"，指官吏辞官归家。

② 饷（xiǎng）：用作动词，饭食、吃饭。

[正宫]醉太平

春雨

阻莺俦燕侣①，渍②蝶翅蜂须。东风帘幕冷珍珠，寒生院宇。响琮琤③滴碎瑶阶玉，细溟濛④润透纱窗绿，湿模糊洗淡画栋朱。这的是⑤梨花暮雨。

① 莺俦（chóu）燕侣：以莺、燕之成双成对比喻情侣或夫妇。

② 渍：沾染，浸湿。

③ 琮琤（cóngchēng）：象声词，形容敲打玉石的声音，这里指雨水的声音。

④ 溟濛：形容烟雨弥漫的样子。

⑤ 的（dí）是：确是。

[正宫]醉太平

堂堂①大元，奸佞专权。②开河③变钞④祸根源，惹红巾⑤万千。官法滥⑥、刑法重、黎民怨。人吃人、钞买钞、何曾见？贼做官、官做贼、混愚贤。哀哉可怜！

---

① 堂堂：形容盛大。

② 奸佞专权：朝廷被奸臣独揽大权。指元末丞相托托、参议贾鲁等人。

③ 开河：指开掘黄河河道。元朝至正十一年（1351）丞相托托、参议贾鲁等人以修复黄河河道为由，扰民伤财，中饱私囊。

④ 变钞：元朝至元二十四年（1287），开始使用纸钞，称"至元钞"，至正十年（1350）又更换纸钞为"至正钞"，纸质差，易腐朽，而且还滥发，使得物价上升，人民怨声载道。

⑤ 红巾：元末韩山童、刘福通领导的农民起义，士兵皆头裹红巾，故称。

⑥ 官法滥：指官吏贪污、买官情况严重。

[越调] 寨儿令

鸳帐里，梦初回。见狞神几尊恶像仪①，手执金锤，鬼使跟随，打着面独脚皂纛旗②。犯由牌③写得精细，劈先里④拿下王魁。省会⑤了陈殿直⑥，李勉⑦那厮也听者：奉帝敕⑧来斩你伙负心贼！

---

① 像仪：雕像，塑像。

②独脚皂纛（dào）旗：画有独脚兽图案的黑色大旗。皂，黑色。纛，古代军队里的大旗。

③犯由牌：写有犯人罪名的牌子。

④劈先里：首先，开头。

⑤省会：晓谕，吩咐。

⑥陈殿直：当指陈叔文。陈叔文为骗取妓女崔兰英的钱财去外地上任，瞒着妻子再娶兰英，后为了不被妻子知晓，竟将兰英和婢女推入河中，二人死后化为鬼魂索陈叔文的命。

⑦李勉：李勉出游时与一女子相好，遭到岳父训斥，他竟把原配妻子鞭打致死。

⑧帝敕：帝王的诏书。

[越调] 凭阑人

点破^①苍苔墙角萤，战退西风檐外铃^②。画楼秋露清，玉阑桐叶零^③。

①点破：照亮。

②檐外铃：房檐下的风铃。

③零：凋落。

[黄钟] 红衲袄 [1]

那老子 [2] 彭泽县懒坐衙 [3]，倦将文卷押 [4]，数十日不上马。柴门掩上咱，篱下看黄花。[5] 爱的是绿水青山，见一个白衣人 [6] 来报，来报五柳庄 [7] 幽静煞。

---

① 红衲袄：曲牌名，又名"红锦袍"。

② 那老子：指东晋陶渊明，此为戏称。

③ 彭泽县懒坐衙：指陶渊明不愿为五斗米折腰一事。

④ 押：在文书上批示。

⑤ 篱下看黄花：指陶渊明归隐后在东篱下采菊。

⑥ 白衣人：用王弘重阳节送酒给陶渊明之典。

⑦ 五柳庄：指陶渊明的居所。《五柳先生传》记载，陶渊明"宅前有五柳树，因以为号焉"。

[黄钟] 贺圣朝 [1]

春夏间，遍郊原桃杏繁，用尽丹青 [2] 图画难。道童将驴鞴 [3] 上鞍，忍不住只恁般顽 [4]，将一个酒葫芦杨柳上拴。

---

① 贺圣朝：曲牌名，又名"转调贺圣朝"。

② 丹青：丹和青是我国古代绘画时常用的两种颜色，这里泛指颜料。

③ 鞴（bèi）：把鞍辔套在骡马等的身上。

④ 顽：同"玩"。

[南吕] 玉交枝 ①

休争闲气，都只是南柯梦里。想功名到底成何济②？总虚脾③，几人知？百般乖④不如一就痴⑤，十分醒争似⑥三分醉。只这的⑦是人生落得⑧，不受用图个甚的？

---

① 玉交枝：曲牌名，一作"玉娇枝"。

② 济：补益。

③ 虚脾：虚情假意。

④ 乖：机巧，伶俐。

⑤ 一就痴：一味地痴呆。

⑥ 争似·怎似。

⑦ 只这的：仅仅这样。

⑧ 落得：也作"落的""乐得"。指得到某种结果、境遇。

作者小传

伯颜（1236—1295）

蒙古八邻（今称巴林）部人，长于西域。至元初年（1264）入朝，受忽必烈赏识，官拜中书左丞相。至元十一年（1274），统兵伐南宋。至元十三年（1276）攻陷临安，俘宋恭帝、谢太后等北还。至元三十一年（1295）病逝，追封淮王，谥号"忠武"。他是蒙古人中较早学用汉文创作的人，开元代蒙古人作散曲之先河。

商挺（1209—1288）

字孟卿，一作梦卿，晚号左山老人，曹州济阴（今山东菏泽）人。二十四岁时，汴京被攻陷，遂与好友元好问、杨奂等北游。元时为忽必烈欣赏，曾任宣抚司郎中、宣抚副使、参知政事、同金枢密院事、枢密院副使等。卒后赠太师鲁国公，谥号"文定"。存世小令多写闺情。

张弘范（1238—1280）

字仲畴，易州定兴（今河北定兴）人，元初大将。至元六年（1269）参与襄樊之战。至元十一年，元军大举攻宋，张弘范为前锋，深受忽必烈器重，赐名拔都。至元十五年（1278）为蒙古汉军都元帅，进军闽广，南宋遂亡。至元十七年（1280）病逝，元世祖赠银青荣禄大夫、平章政事，谥号"武烈"，后改谥"忠武"。元仁宗延祐五年（1319）加赠"保大功臣"，加封淮阳王，予谥"献武"。有《淮阳集》等传世。

元好问（1190—1257）

字裕之，号遗山，世称遗山先生，太原秀容（今山西忻州）人。金代著名文学家、史学家。自幼聪慧，被誉为"神童"。正大元年（1224）授权国史院编修，后官至知制诰。金朝灭亡后，隐居不仕，潜心著述，编成《中州集》。他是宋金对峙时期北方文学的主要代表、文坛盟主，是金元之际在文学上承前启后的人物，被尊为"北方文雄""一代文宗"。有《元遗山先生全集》等传世。

王恽（1227—1304）

字仲谋，号秋涧，汲县（今属河南）人，文学家、政治家。中统元年（1260）擢升中书省详定官，后入翰林院任事。大德五年（1301）求退归家，三年后病逝，追封太原郡公，谥号"文定"。其作品在金末元初文坛独树一帜，有《秋涧先生全集》传世。

倪瓒（1301—1374）

初名斑，字泰宇，别字元镇，自号风月主人，又号云林子等。江苏无锡人。一生不问政治，不事生产，自称"懒瓒"，亦号"倪迂"。元顺帝至正初年，散尽家财，浪迹五湖，醉心山水，钻研画技，与黄公望、王蒙、吴镇并称"元四家"。

虞集（1272—1348）

字伯生，号道园，人称邵庵先生，临川崇仁（今江西抚州）人。元成宗大德初年，举荐为大都路儒学教授。仁宗时，迁集贤修撰，除授翰林待制兼国史编修。文宗时升为奎章阁侍书学士，领修

《经世大典》。宁宗驾崩后，称病返乡。卒后追封仁寿郡公，谥"文靖"。其诗与揭傒斯、范梈、杨载并称"元诗四大家"。著有《道园学古录》《道园遗稿》等。

张鸣善（生卒年不详）

名择，号顽老子。官至淮东道宣慰司令史。元灭后称病辞官，隐居吴江（今属江苏）。其填词度曲"藻思富赡，烂若春葩"，常以诙谐语讽人。

孟昉（生卒年不详）

字天纬，一作天晔。本为西域人，寓居大都，并在元为官。延祐（1314—1320）间为胄监生，由乡举得进中书西曹，典国子监簿。至正十二年（1352），为翰林待制，官至江南行台监察御史。入明后不知所踪。其诗文曲词皆善，尤精声韵之学。

关汉卿（生卒年不详）

原名不详，字汉卿，号已斋，解州（今山西运城）人，一说大都人或祁州（今河北安国）人。生于医户之家，锺嗣成《录鬼簿》言其曾任"太医院尹"。蒙古灭金后，到大都谋生，专事戏剧活动。南宋亡后，南下扬州、杭州等地，继续从事戏剧活动。与马致远、白朴、郑光祖并称"元曲四大家"。其作品以杂剧成就最高，代表作有《窦娥冤》《救风尘》等。

庾天锡（生卒年不详）

字吉甫。元大都人，文学家。曾任中书省掾、除员外郎、中山府判。著有杂剧《骂上元》《琵琶怨》《半昌宫》等十五种，皆不传。亦善作散曲。杨维桢《周月湖今乐府序》云："士大夫今以乐府鸣者，奇巧莫如关汉卿、庾吉甫、杨淡斋、卢疏斋。"评价不可谓不高。

白朴（1226— ？ ）

原名恒，字仁甫，后改名朴，字太素，号兰谷，晚年寓居金陵，元代著名文学家。生于官僚家庭，其父白华官至枢密院判。白家与元好问父子交好。白朴七岁时因蒙古侵金战乱流离失所，幸得元好问携其避难山东。金亡后终身未仕。晚年放情山水，诗酒悠游。作品绮丽婉约，清新洒脱。

马致远（生卒年不详）

字千里（一说字致远），号东篱，元大都人，一说务光（今属河北）人。元代著名文学家。生于富庶之家，年轻时热衷功名，但不得志，曾出任浙江行省务提举官，晚年似隐居于杭州。其戏曲创作经历了由儒入道的转变，散曲创作具有思想内容丰富深邃，而艺术技巧高超圆熟的特点，杂剧创作具有散曲化的倾向。著有《汉宫秋》《荐福碑》等。

王伯成（生卒年不详）

涿州（今河北涿州）人，元代杂剧作家。贾仲明为《录鬼簿》补写的挽词中说他与"马致远忘年友，张仁卿莫逆交"。

王实甫（1260—1336）

名德信，元大都人，祖籍定兴。元代著名戏曲家，代表作《西厢记》家喻户晓。晚年辞官归隐，纵情诗酒。著有杂剧十四种，现存《西厢记》《丽春堂》《破窑记》三种。

杨果（1195—1269）

字正卿，号西庵，祈州蒲阴（今河北安国）人。官至参知政事，卒后谥"文献"。其散曲作品多咏自然风光，曲辞华美，富于文采。

刘秉忠（1216—1274）

初名侃，后改名秉忠，字仲晦，号藏春散人，邢州（今河北邢台）人。元朝政治家、文学家。生于世宦之家，十七岁为邢台节度府令史。曾一度弃官礼佛，改名子聪，后以布衣参与要务，称"聪书记"。至元八年（1271），建议忽必烈取《易经》"大哉乾元"之意，将蒙古更名"大元"。其对元代政治体制、典章制度等有重要影响。卒后赠太傅，封赵国公，谥"文贞"。元成宗追赠太师，改谥"文正"。元仁宗追封常山王。有《藏春集》传世。

王和卿（生卒年不详）

大名（今属河北）人，元代散曲家，与关汉卿同时期。作品有较浓厚的俗谣俚曲色彩，故部分作品流于油滑。《录鬼簿》列为"前辈名公"，而朱权《太和正音谱》将其列于"词林英杰"中，实为过誉之词。

盍西村（生卒年不详）

生平不详，盱眙（今属江苏）人。锺嗣成《录鬼簿》未载其名，而有盍志学，或系一人。据《全元散曲》，盍志学名下仅有小令一首，盍西村名下则有散曲套数一套、小令十七首。

陈草庵（1245— ？）

名英，字彦卿，号草庵，元大都人，事迹不详。曾任监察御史，中丞等职。钟嗣成《录鬼簿》称其"陈草庵中丞"，名列"前辈名公"之中。散曲多愤世嫉俗之作。

刘敏中（1243—1318）

字端甫，济南章邱（今山东章丘）人。曾任兵部主事、监察御史等职，因弹劾权臣桑哥而辞官。后又任御史都事、翰林直学士兼国子祭酒、翰林学士承旨等。一生为官清正，卒后追封齐国公，谥"文简"。著有《中庵集》。

滕斌（生卒年不详）

一作滕宾、滕霄，字玉霄，别号玉霄山人。睢阳（今河南睢阳）人，一说黄冈（今属湖北）人。初为江西儒学提举，至元、大德年间任翰林学士，后入天台山修道。为人风流潇洒，毫无拘束，与卢挚等人有交往。著有《玉霄集》《万邦一览录》等。

李德载（生卒年不详）

事迹不详，约元仁宗延祐中前后在世。善作曲，今存小令十首。

胡祗遹（1227—1295）

字绍开，号紫山。磁州武安（今属河北）人。任户部员外郎、右司员外郎、荆湖北道宣慰副使、山东东西道提刑按察使等，以正直善悯、精明干练著称。拜翰林学士，未赴，称病辞归。卒后谥"文靖"。著述颇丰，有《紫山大全集》传世。

卢挚（1242—1314）

字处道，一字莘老，号疏斋，又号蒿翁。涿郡人。至元五年（1268）进士，任过廉访使、集贤学士、翰林学士等。与白朴、马致远、珠帘秀等交往甚厚。原著有《疏斋集》，明时亡佚。传世散曲多为怀古唱和、寄情山林、写景咏物之作，具有"清丽派"特点。今人编有《卢疏斋集辑存》。

珠帘秀（生卒年不详）

事迹不详，元代早期杂剧女演员。《青楼集》云："歌儿珠帘秀，姓朱氏。姿容姝丽，杂剧为当今独步，驾头、花旦、软末泥等，悉造其妙，名公文士颇推重之。"珠帘秀与众元曲作家都有交情，如关汉卿、胡祗遹、卢挚、冯子振、王涧秋等。关汉卿曾形容她"富贵似侯家紫帐，风流如谢府红莲""十里扬州风物妍，出落着神仙"。后嫁与钱塘道士洪丹谷，晚年流落杭州。其曲作语言流利自然，情感纯真挚诚。

姚燧（1238—1313）

字端甫，号牧庵，河南洛阳人。官至翰林学士承旨知制诰兼修国史。世人推为名儒，比之唐代韩愈、宋代欧阳修。善作文，与虞集并称。卒后谥"文"。原有集，后散佚，清人辑有《牧庵集》。

冯子振（1253—1348）

字海粟，自号瀛洲洲客、怪怪道人，攸州（今属湖南）人。自幼勤奋好学，博闻强识。元大德二年（1298）进士及第，召为集贤院学士、待制，继任承事郎等。晚年归乡著述，世称其"博洽经史，于书无所不记"。著有《居庸赋》《十八公赋》《海粟诗集》等。

贯云石（1286—1324）

原名小云石海涯，因父名贯只哥，遂以"贯"为姓，字浮岑，号成斋、疏仙、芦花道人，自号酸斋。西域北庭（今属新疆）人，维吾尔族，精通汉文。初因袭为两淮万户府达鲁花赤，后让爵于弟，北上从姚燧学文。仁宗时拜翰林侍读学士、中奉大夫、知制诰同修国史等。不久称疾归隐，改名"易服"。卒后封京兆郡公，谥"文靖"。有《贯酸斋集》传世。

刘致（生卒年不详）

石州宁乡（今山西中阳）人。一说刘致即刘时中，号逋斋，待考。流寓长沙期间，以其文章清拔宏丽见遇于姚燧，因荐为湖南宪府吏，后任翰林待制、浙江行省都事等。晚年贫病而卒。

乔吉（？—1345）

一作乔吉甫，字梦符（或"孟符"），号笙鹤翁，又号惺惺道人。流寓杭州，一生怀才不遇。他是继关汉卿、马致远后又一曲作大家。《录鬼簿》云："美姿容，善词章，以威严自饬，人敬畏之。"有杂剧《杜牧之诗酒扬州梦》《李太白匹配金钱记》《玉箫女两世姻缘》三种传世。其散曲创作成就高于杂剧，与张可久齐名，今有抄本《文湖州集词》一卷，李开先辑《乔梦符小令》一卷，及任讷辑《梦符散曲》。

周文质（？—1334）

字仲彬，建德（今属浙江）人，后居杭州。元代文学家。《录鬼簿》载其"体貌清癯，学问该博，资性工巧，文笔新奇。家世儒业，俯就路吏。善丹青，能歌舞，明曲调，谐音律。性尚豪侠，好事敬客"。所作杂剧有《苏武还乡》《春风杜韦娘》《孙武子教兵》《戏谏唐庄宗》四种，现仅存《苏武还乡》残曲。今存小令多男女相思之作。

赵善庆（生卒年不详）

一作赵孟庆，字文贤，一作文宝，饶州乐平（今江西乐平）人。《录鬼簿》言其"善卜术，任阴阳学正"。著杂剧《教女兵》《村学堂》等八种，均散佚。今存小令多写景之作。

张可久（生卒年不详）

字小山；一说名伯远，字可久，号小山；一说名可久，字伯远，号小山；又一说字仲远，号小山。一生怀才不遇，时官时隐，曾游历江南名胜，晚年隐居在杭州一带。他与乔吉并称"双璧"，与张养浩合称"二张"。据《录鬼簿》载："有《今乐府》盛行于世，又有《吴盐》《苏堤渔唱》。"其作品大多记游怀古、赠答唱和。

徐再思（生卒年不详）

字德可，号甜斋，嘉兴（今属浙江）人，事迹不详。《录鬼簿》列为"方今才人相知者"一类。大约与张可久、贯云石同时。徐再思善作散曲，与当时自号酸斋的贯云石齐名，称"酸甜乐府"。民国任讷将二人散曲合为一辑，称《酸甜乐府》。散曲以悠闲生活、闺情春思、江南自然景物、归隐等题材为主，也有一些赠答、咏物之词，但以恋情之作成就较高。

曹德（生卒年不详）

字明善，衢州（今浙江衢县）人。曾任衢州路吏、山东宪吏等职。至元五年（1339）在都下作曲讥讽权贵伯颜擅自专权，滥杀无辜，一时声名大噪。为避伯颜缉捕，始南逃避祸。其散曲华丽自然，可与张可久并论。

高克礼（生卒年不详）

字敬臣，号秋泉，河间（今属河北）人，约元文宗至顺中前后在世。以荫官至庆元理官，为政以清净为务，不尚苛刻。工散曲小令，精巧清新。今存小令均写儿女情态。

锺嗣成（生卒年不详）

字继先，号丑斋，元末大梁（今河南开封）人。一生坎坷，屡试不中。元顺帝时编著《录鬼簿》，记载金元曲家一百五十二人，著录杂剧名目达四百五十二种，是研究元曲最重要的文献之一。

张养浩（1270—1329）

字希孟，号云庄，又称齐东野人，济南人，元代著名政治家、文学家。一生经历了世祖、成宗、武宗、英宗、泰定帝和文宗数朝，其人为当代及后世称颂。历仕监察御史、礼部侍郎、礼部尚书、中书省参知政事等。后辞官归隐。天历二年（1329）关中大旱，始出，任陕西行台中丞，逝于任上。追封滨国公，谥"文忠"。张养浩诗文、散曲等多为归隐后所作，风格豪放自然，情深语切。

郑光祖（生卒年不详）

字德辉，平阳襄陵（今山西临汾）人，元代著名杂剧家、散曲家。自幼受戏剧熏陶，后专事杂剧活动，成为南方戏剧界巨擘，所作杂剧在当时"名闻天下，声振闺阁"。与关汉卿、马致远、白朴齐名，并称"元曲四大家"。所作杂剧可考者十八种，《倩女离魂》是其代表作。散曲多即景抒怀，或清新爽朗，或幽婉妩媚。

刘庭信（生卒年不详）

一说名廷信，先名廷玉，排行第五，身黑而长，人称"黑刘五"。益都（今属山东）人，一说彭城（江苏徐州）人。为人风流不羁，天性聪慧。作品基本以闺情、闺怨为主题，在当时很有影响。《太和正音谱》评其作品"如摩云老鹘"。

汪元亨（生卒年不详）

字协贞，号云林，又号临川侠老，饶州（今江西鄱阳）人。元至正间出仕浙江省掾，后官至尚书。所著杂剧有《斑竹记》《仁宋认母》《桃源洞》三种，皆不传。散曲多警世叹时之作，吟咏归逸生活。

周德清（生卒年不详）

字日湛，号挺斋，江右（今属江西）人。元代音韵学家和戏曲家，终身未仕。工乐府，善音律。所著音韵学名著《中原音韵》，在中国音韵学与戏曲史上产生了深远影响，也是研究近代以北方音为主的普通话语音的珍贵资料。其散曲意蕴清高，格律严谨。

任昱（生卒年不详）

字则明，四明（今浙江宁波）人。与张可久、曹明善为同时代人。少好狎游，一生未仕。所作散曲在歌妓中传唱较广。晚年立志读书，工七言诗。

李致远（1261— ？）

字致远，江右人。仕途不顺，一生郁郁不得志。工散曲，杂剧仅存《还牢末》一种。《太和正音谱》列其为曲坛名家。

薛昂夫（生卒年不详）

回鹘人，原名薛超兀儿、薛超吾。汉姓马，又字九皋，故亦称马昂夫、马九皋。历任金典瑞院事、太平路总管、衢州路总管等职。善篆书，有诗名，诗集已佚。其散曲内容以傲物叹世、归隐怀古为主调，风格疏宕豪放。

邓玉宾（生卒年不详）

本名不详，约元世祖至元末前后在世。官至同知，后辞官修道，自号"玉宾子"。其传世散曲量极少，多为道家警世之语，且词格较高，清丽雅致，耐人寻味。

查德卿（生卒年不详）

约元仁宗（1311—1320）前后在世。工散曲。《太和正音谱》将其列入"词林英杰"中。散曲主题多样，风格典丽。

吴西逸（生卒年不详）

约元仁宗延祐末前后在世。曾游历四方。工散曲，内容多为自然景物、离愁别恨和个人的闲适生活，风格清丽疏淡。

孙周卿（生卒年不详）

汴州（今河南开封）人，一说为古邠州（今陕西邠县）人，约元仁宗延祐末前后在世。曾为官，后隐居湘中。工散曲，所作小令居多，主题多为隐居、宴饮、述情等。

王元鼎（生卒年不详）

字里，西域人。约元成宗大德年间前后在世。官至翰林学士。《太和正音谱》将他列入"词林英杰"中，散曲风格明丽委婉。

阿鲁威（生卒年不详）

字叔重（一作叔仲），号东泉，人称"鲁东泉"，蒙古族。曾任南剑太守、翰林侍讲学士等，译有《世祖圣训》《资治通鉴》等。善散曲，既有怀古之情，也有感时之作，风格雄浑旷达。

卫立中（生卒年不详）

名德辰，字立中，华亭（今上海松江）人。一生隐居未仕，曾与阿里西瑛、贯云石交游。善书法。《太和正音谱》列其于"词林英杰"中。

李伯瞻（生卒年不详）

名屺，号熙怡、里居，约元仁宗延祐末前后在世。官至兵部侍郎。工散曲，《太和正音谱》列为"词林英杰"，多归隐闲适之作。

赵显宏（生卒年不详）

号学村，约元仁宗延祐末前后在世。工散曲，风格清新朴实。

景元启（生卒年不详）

事迹不详，约元仁宗延祐中前后在世。散曲多写情记景，风格淡雅自然。

赵禹圭（生卒年不详）

字天锡，汴梁（今河南开封）人。曾任镇江路行大司农司管勾，累迁镇江路判官。著有杂剧《何郎傅粉》《金钗剪烛》二种，已散佚。散曲今存小令七首。

吕止庵（生卒年不详）

事迹不详。散曲作品内容多感时悲秋，偶有兴亡之感，可能是潦倒文士。《太和正音谱》评其词"如晴霞结绮"。

吴弘道（生卒年不详）

字仁卿（一说名仁卿，字弘道），号克斋先生。蒲阴人，又一说金台蒲阳（今属浙江）人。曾任江西省检校掾史。著《金缕新声》《曲海丛珠》等，已佚。散曲风格疏放清俊。

钱霖（生卒年不详）

字子云，后为道士，更名抱素，号素庵，又号泰窝道人，松江人。约元仁宗延祐中前后在世。善作散曲，以"语极工巧"见称。散曲风格细腻。

顾德润（生卒年不详）

字均泽（一作君泽），号九山，松江人。约元仁宗延祐末前后在世。《太和正音谱》评其曲"如雪中乔木"。

曾瑞（生卒年不详）

字瑞卿，自号褐夫。志不屈物，终身未仕。至顺初尚在世。善丹青，工山水。散曲以写男女恋情，山林隐逸为主，也有讽世题材。《太和正音谱》评其曲为"杰作"。

杨朝英（生卒年不详）

字英甫，号澹斋，青城（今山东高青）人，曾任郡守、郎中，后归隐。与贯云石、阿里西瑛等交往甚密，相互酬唱，当为同时期人。其所辑《乐府新编阳春白雪》《朝野新声太平乐府》二集，人称"杨氏二选"。工散曲，多恋情和隐居题材，风格俊逸秀丽。

刘燕歌（生卒年不详）

又作刘燕哥，宋末元初歌妓。元夏庭芝《青楼集》载，刘燕歌善歌舞，通音律。齐参议还山东，赋《太常引》以饯，至今脍炙人口。今存小令仅此一首。

奥敦周卿（生卒年不详）

字周卿，号竹庵。女真族，奥敦是女真姓氏。历任怀孟路总管府判官、侍御史、河北河南道提刑按察司佥事。与杨果、白朴有酬唱之作，当为同时期人。《太和正音谱》列为"词林英杰"。

白贲（生卒年不详）

字无咎，号素轩。曾任省郎、知州、知事等职。能诗善画工曲，是元散曲史上最早的南籍散曲家之一。《太和正音谱》称其曲"如太华孤峰"，评价极高。其作以《鹦鹉曲》最有名。

阿里西瑛（生卒年不详）

字西瑛。回族，吴城（今江苏苏州）人，约元仁宗延祐末前后在世。居号"懒云窝"。躯干魁伟，人称"和西瑛"。其曲慵懒疏狂，寄情诗酒。

鲜于必仁（生卒年不详）

字去矜，号苦斋，渔阳郡（今天津蓟县）人，约元英宗至治前后在世。生于官宦之家却一生未仕。为人性情达观，寄情山水，浪迹四方。曲中写景之作，文词华美，意境开阔；咏怀历史人物的曲作，咏史论世，格调健朗。《太和正音谱》评其词"如奎壁腾辉"。

张子坚（生卒年不详）

曾任盐运判官，其他事迹不详。《太和正音谱》列其为"词林英杰"。

马谦斋（生卒年不详）

张可久有《天净沙·马谦斋园亭》之唱和曲，二人应为好友。约元仁宗延祐中前后在世。曾在大都任职，后辞官归隐。

严忠济（？—1293）

一名忠翰，字紫芝，长清（今属山东）人。元太宗时袭父职为东平路行军万户。至元二十三年（1286）授中书左丞，行江浙省事，卒后谥"庄孝"。工曲，《太和正音谱》将其列入"词林英杰"。

出 品 人：许　永
责任编辑：周亚灵
特邀编辑：黎福安
　　　　　李子雪
装帧设计：海　云
内文制作：百　朗
印制总监：蒋　波
发行总监：田峰峥

投稿信箱：cmsdbj@163.com
发　　行：北京创美汇品图书有限公司
发行热线：010-59799930